O LOUCO DE PALESTRA

A marca FSC® é a garantia de que a madeira utilizada na fabricação do papel deste livro provém de florestas que foram gerenciadas de maneira ambientalmente correta, socialmente justa e economicamente viável, além de outras fontes de origem controlada.

VANESSA BARBARA

O louco de palestra
e outras crônicas urbanas

Companhia Das Letras

Copyright © 2014 by Vanessa Barbara

Grafia atualizada segundo o Acordo Ortográfico da Língua Portuguesa de 1990, que entrou em vigor no Brasil em 2009.

Capa
Alceu Chiesorin Nunes

Foto de capa
Roberto Negreiros

Preparação
Julia Passos

Revisão
Angela das Neves
Marise Leal

Dados Internacionais de Catalogação na Publicação (CIP)
(Câmara Brasileira do Livro, SP, Brasil)

Barbara, Vanessa
    O louco de palestra : e outras crônicas urbanas / Vanessa Barbara. — 1ª ed. — São Paulo : Companhia das Letras, 2014.

ISBN 978-85-359-2461-9

    1. Crônicas brasileiras I. Título.

14-04651   CDD-869.93

Índice para catálogo sistemático:
1. Crônicas : Literatura brasileira 869.93

[2014]
Todos os direitos desta edição reservados à
EDITORA SCHWARCZ S.A.
Rua Bandeira Paulista, 702, cj. 32
04532-002 — São Paulo — SP
Telefone: (11) 3707-3500
Fax: (11) 3707-3501
www.companhiadasletras.com.br
www.blogdacompanhia.com.br

Sumário

PARTE I: O MANDAQUI E SUA LÓGICA
O Mandaqui e sua lógica, 11
A nossa rua, 13
O mandaquiense, 15
No meu tempo, 20
Democracia ou cama, 22
Free ZN!, 24
Pular, rastejar e rolar, 26
Mandingas de sofá, 28
Papa Tudo por Dinheiro, 30
Lagartas e outras distrações, 32

PARTE II: EU NÃO ENTENDO
Luzes acesas, 37
Banco Imobiliário radical, 39
O alfabeto das ruas, 41
O nome da rede, 43

Decodificando letreiros, 45

Decifrando itinerários, 47

701U, a Transiberiana paulista, 49

Um conto do 701U, 52

O legado de Kudno Mojesic, 56

Passinho para a frente, por gentileza, 58

O sem-carro, 60

A mochila do paulistano, 65

Eu não entendo, 67

Tevê tormento, 69

A filosofia sacolejante, 71

Questões delicadas, 75

Os sem-celular, 77

O louco de palestra, 82

Eu protesto, 95

O popular exaltado, 98

A marcha dos satisfeitos, 103

Unidos do lacrimogêneo, 107

A nova geração saúde, 110

Rafting na Pompeia, 112

Cuidado comigo. Eu faço pilates, 114

A queda do sistema, 116

Xixi na rua, 120

Rúcula ou agrião?, 123

Latifúndios improdutivos, 126

Promessas de Ano-Novo, 129

Animais domésticos, 132

Cartão de Ano-Novo, 135

Em *Roma*, como os romanos, 137

Morando junto, 139

Um beijo para os meus familiares, 141

A vida dos outros, 143

Papai Noel armênio e egípcio de quipá, 145

Parte III: 我唔明白

Ser fatal em Cumbica, 157

Olimpíada para quem tem asma, 161

Façam suas apostas, 163

Uma carta, 165

Pato na água, 168

Agora é sério, 170

Euforia olímpica, 172

Uma em um bilhão, 174

Queria escrever, 189

As coisas que restam, 191

PARTE I
O Mandaqui e sua lógica

O Mandaqui e sua lógica

O distrito do Mandaqui fica na zona norte de São Paulo, tem treze quilômetros quadrados, 24 bairros, 103 mil habitantes, 39 favelas, uma pedreira, duas escolas de balé, oito paróquias, uma biblioteca, moradores atrapalhados e um fuso horário diferente. De ônibus, seu bairro principal, o Alto do Mandaqui, fica a uma hora e meia da civilização e a vinte minutos das estações de metrô mais próximas, Santana e Jardim São Paulo. Talvez por isso seja um universo à parte, onde as coisas não seguem a mesma lógica do resto da cidade.

É um bairro onde costuma faltar luz e a bocha é um esporte respeitável. No Mandaqui, as lojas têm nomes de pessoas, e não epítetos comerciais: quem vai à papelaria diz: "Vou na Vanilda", quem precisa ir à farmácia diz: "Vou no seu Décio"; para comprar verduras é no seu Eliseu, para consertar a televisão é no Akira, a podóloga é a Sandra, e a dentista é simplesmente "a dentista". No Mandaqui, quando um ônibus se perde do itinerário o povo sai na rua para conferir. Já é lendária a história de um 178L — Lauzane/Hospital das Clínicas que desceu uma pequena rua residencial, inexplicavelmente longe de seu trajeto normal, e provocou comoção nos nativos.

No Mandaqui há cavalo desgovernado, tiroteio na praça, santa encontrada no córrego, gente de pijama na rua e carteiros cantores que ajudam os amigos a vender mandioca. Às vezes, os motoristas de ônibus desviam da rota para levar um passageiro até a porta de casa ou para tomar um suco na cozinha de alguém. De vez em quando, um cadáver é encontrado no córrego e um brechó abre em alguma esquina. Há estabelecimentos com nomes sugestivos, como a choperia Mandacá e a veterinária Mandacão. Há a maior piscina de bolinhas da América Latina, a Amazing Balls, que abriga 310 mil esferas multicoloridas e promoveu, em 2005, uma comemoração ao Dia da Madrasta.

No último dia 6, o Mandaqui completou 120 anos de fundação. Seu nome vem do tupi "rio dos bagres", o que dispensa comentários, mas há também outras versões. Uma delas remete a um antigo morador, que, ao encontrar em sua propriedade os funcionários da Companhia da Cantareira, disse que quem mandava ali era o "filho do meu pai", ou seja, ele mesmo. Os vizinhos, de irredutível natureza trocadilhesca, passaram a se referir à área como terra do Mandaqui.

Nesse peculiar vilarejo, às vezes caem barras de ferro do céu (como num dia, em 1990, fato que ainda não teve explicação) e praças surgem da noite para o dia, como a saudosa praça Tito. Situada num ponto da rua Coronel Joaquim Ferreira de Souza, a praça foi criada por um nativo e consistia numa área repleta de ervas daninhas e arbustos venenosos. Naquele pequeno espaço havia uma cadeira carcomida de cor bege e um cartaz de papelão, no qual se lia: "PRAÇA TITO. Favor não estragar a mobília." Infelizmente, o logradouro não existe mais.

O Estado de S. Paulo, 12 de outubro de 2008

A nossa rua

No Mandaqui, a gente comia tatu-bola, tomava banho de chuva e tinha medo da Ana Paula, que batia nas meninas só porque elas eram mais altas. A gente vestia todas as roupas do armário para brincar de Elefantinho Colorido e dava voltas no quarteirão de meias para comemorar uma vitória no futebol. A gente esnobava as crianças mais novas e falava mal da Cássia, que nunca fez nada de mal pra ninguém — desculpa aí, Cássia, você não é orelhuda — foi mal. A gente brigava feio a cada quinze dias, arrumava novos amigos na rua de baixo e jogava ovos no quintal dos outros, só por represália.

Na rua 2, a gente estendia uma rede de vôlei no portão dos Pessoa e da Mariângela, e ficava jogando até escurecer ou a mãe de alguém chamar para tomar Nescau, causando constrangimento na vítima e duas semanas ininterruptas de troça. Quando passava carro, a gente saía correndo com uma vassoura para erguer a rede bem alto, senão a antena do veículo enroscava e todo mundo começava a gritar como se o universo fosse acabar ali mesmo, num vórtice laranja de cacos de vidro, bambolês e pitangas. Quando descia caminhão na rua, o Gustavo se arremessava no portão para desamarrar a rede, enquanto os outros se estendiam no asfalto para impedir a passagem do bólido automobilístico, mártires do vôlei mambembe numa rua pouco movimentada, em descida, que é para dificultar ainda mais o esporte tupiniquim.

Nos dias de frio, ficávamos sentados na calçada enrolados num cobertor, discutindo sobre coisas muito importantes. A gente roubava no truco, no taco e furtava luzinhas de Natal dos nossos desafetos. A gente idolatrava o Menelau, um cão que viveu cem anos e que não latia nunca. A gente morria de medo da Selma: quando a bola caía no telhado do 136, o time se evaporava em dois segundos, mergulhava atrás dos arbustos, descia correndo o escadão, corria até Parelheiros e pensava que aquele era o momento mais perigoso de toda a existência — a Selma saía no portão com a bola na mão, gritando: "eu sei que vocês estão aí", enquanto a gente encomendava nossa alma ao Criador e rezava baixinho. A Selma era brava.

Nas férias de julho, a gente brincava de escritório: o Bernardo era o chefe e a Paula era uma das secretárias. Furtávamos uma dezena de aparelhos velhos das nossas casas ou de antiquários de quinta categoria, tipo telefones quebrados, grampeadores industriais, fichários, cadeiras de rodinhas e, um dia, chegou um computador 386 no qual a gente fazia fichas cadastrais dos funcionários usando o Bloco de Notas. Às vezes a gente derrubava o chefe e promovia todo mundo, ou rolava alguma briga com o pessoal do sindicato e uma turma de dissidentes abria concorrência na casa do lado.

Hoje o meu irmão tem uma mesa só dele no Banco do Brasil, sai de casa cedo para brincar de escritório e não chama ninguém.

O Estado de S. Paulo, 1º de fevereiro de 2009

O mandaquiense

O distrito do Mandaqui, como todos sabem, localiza-se na zona norte de São Paulo, entre os condados de Santana e Cachoeirinha. Segundo uma pesquisa recente, tem área de treze quilômetros quadrados e população de 103 mil moradores, dentre os quais 53% são católicos e 37%, corintianos. Ainda segundo a pesquisa, 46% dos mandaquienses possuem cachorros e 1% deles são felizes proprietários de coelhos. A média de idade é de 38 anos, com predominância de mulheres e solteiros. Há 6% de viúvos e 15% de fãs de música sertaneja. Exatos 35% são gordinhos.

Os primeiros mandaquienses tinham o sobrenome Zumkeller e chegaram à região no início do século XX. Ali plantaram videiras e criaram gado leiteiro. Com a prosperidade, veio o estrelato: o patriarca Alfredo, sua esposa Judith e os filhos Eduardo, Jorge, Maurício, Lídia e Julieta viraram logradouros. Tornaram-se avenida Zumkeller, rua Judith Zumkeller e por aí vai — ainda não há consenso se a pronúncia é "Zúncler" ou "Zumquéler".

Esses foram os pioneiros e mais ilustres mandaquienses, mas não sabemos quais eram os seus anseios e preocupações.

Hoje se sabe que o mandaquiense típico não é pontual: sempre chega com escandalosa antecedência, como se considerasse o ônibus quebrado, a enchente no caminho, a manada de ovelhas interditando o farol. A antecipação oscila entre quinze e sessenta minutos, com picos de até duas horas, e o mandaquiense, invariavelmente aflito, vai procurar uma padaria para tomar um suco enquanto o compromisso não vem. É comum encontrar mandaquienses vagando pelas ruas do Itaim, sentados no meio-fio, brincando com tampinhas de guaraná e checando o relógio de cinco em cinco minutos.

O mandaquiense usa relógio de pulso. Gosta de acordar cedo, ouve rádio de pilha e acompanha a meteorologia. Quando criança, divide o cabelo ao meio e tem um desses estojos de lata, cheios de canetas e borrachas coloridas. O mandaquiense gosta de grifar, de fazer tabelas e de cumprimentar os vizinhos. Ele lê muito, pois de Santana ao Mandaqui os ônibus tendem a ficar presos no tráfego. E não é só isso: o mandaquiense acompanha com zelo os folhetos de ofertas dos mercados e das farmácias. É ele quem enfrenta multidões às cotoveladas só para comprar um abacaxi com sessenta centavos de desconto.

No âmbito emocional, o mandaquiense tem um senso de humor complicado e é fácil ofendê-lo sem querer. Por outro lado, é dificílimo magoar um mandaquiense de propósito. Os mais vis xingamentos não atingem o habitante local, que, distraído, nunca acha que é com ele. Costuma ter o coração grande e um comprido quintal. Gosta de plantas e de vendedores de mandioca, nessa órdem, estuda em colégio religioso e dificilmente repete o ano.

Ele se interessa pelo mecanismo de funcionamento das coisas e pode passar semanas tentando consertar um espremedor de laranjas, debruçado sobre uma mesa cheia de arruelas e chaves de fenda. Faz ele mesmo os reparos no telhado, só para não precisar pagar um especialista. Quanto aos especialistas, os mandaquienses são os mais tenazes. Resolvem qualquer questão hidráulica, elétrica ou mecânica, e, se não resolvem, é garantia de que passarão meses tentando. Fornecerão as instruções pelo telefone, se for o caso, agregando informações recentes sobre a família, o clima e os boatos locais.

Os nativos do Mandaqui são às vezes avoados, mas, quando decidem se concentrar, gastam um tempo desproporcional em tarefas que só interessam a eles, como mandar cartas-resposta à fábrica de doce de abóbora reclamando da dificuldade de abrir os potes, com datas e horários das tentativas de libertar a guloseima. São eles que dão consistência às filas nos açougues, que congestionam a linha telefônica da Eletropaulo quando falta luz e que gritam "Vai, Curíntias" durante a formatura dos sobrinhos.

Um diálogo típico entre dois mandaquienses pode se dar da seguinte forma:

NUNO: "O Robert Altman morreu."

SILAS: "A Odete Roitman?"

O mandaquiense não tem senso de direção e se confunde com facilidade. Veste o pijama às cinco da tarde e adora sair para comprar engenhocas de plástico, patinhos de borracha, rodos de pia, pregadores de madeira e papa-bolinhas que não funcionam. (No bairro, ainda existem amoladores de faca e vendedores de biju.) O mandaquiense faz a lista de compras no computador e usa a fonte Comic Sans, dividindo por cores os itens de higiene pessoal, alimentação e jardinagem.

São mandaquienses em potencial aqueles que classificam os livros em ordem alfabética, dispõem as camisas do armário em dégradé e possuem o mesmo arranjo de gavetas desde 1964. São mandaquienses desde criancinha aqueles que fazem uma refeição respeitando o equilíbrio dos componentes no prato — o arroz deve chegar ao fim concomitantemente ao feijão e à mistura, e esta ao suco, sob pena de "dar nojo" aos comensais.

"Dar nojo" é uma expressão típica, empregada quando algo está fora do lugar ou um forasteiro deixa a gaveta aberta, por exemplo. O nojo está para o mandaquiense assim como a guerra, a fome e a peste estarão para a humanidade no Juízo Final. Se quiser apoquentar um habitante local, é só largar uma meia do avesso em qualquer lugar da casa e ficar atrás da porta, esperando. Os resultados são imediatos.

Outra conversa característica entre dois autóctones, na porta da farmácia:

NUNO: Silas, lembra do que eu te falei agora há pouco? Sobre aquele meu primo que mora no Lauzane e que casou na semana passada?

SILAS: Não.

O nativo do Mandaqui costuma ter opiniões fortes sobre os enxaguatórios bucais e não atende o telefone dizendo "Alô", mas "Alôncio" — e aí cai na gargalhada sozinho, antes de engatar uma conversa com quem quer que esteja do outro lado da linha. Principalmente se for engano. É comunicativo, mas não sabe contar piadas. Não resiste a um calemburgo do tipo "Aldo, você está atrasaldo!". Confraterniza com os patrícios em cadeiras nas calçadas ou no balcão das padarias, onde reclama do colesterol alto e pergunta como vai o João Perninha, da bocha.

A propósito: para ter respeito e receber a alcunha de "senhor" no bairro, é necessário que o proponente seja proprietário de um comércio — o sr. Eliseu da quitanda, o sr. Irineu do bar do clube e o microempresário sr. Firmo Farias —, ou ter sobrevivido a uma hecatombe nuclear — o sr. Nakamura. Agora, se o sujeito foi alçado à glória terrena apenas por jogar bocha, deve se contentar com apelidos como João Perninha, Pedro de Lara, Zé Colmeia ou Frangão.

O mandaquiense sobe e desce os morros com um guarda-chuva em punho e meia dúzia de garrafas PET na sacola, toma o 118C lotado e sobrevive à fúria do motorista, que faz as curvas como quem toma a Prússia. Se o mundo fosse só de mandaquienses, certamente seria melhor, mas todos teriam que usar pochetes.

piauí, janeiro de 2010

No meu tempo

No meu tempo, a televisão era diferente. Para começar, havia a supremacia do dublado — todos os filmes, séries e programas estrangeiros recebiam uma buliçosa versão em sotaque carioca, provavelmente feita pelo mesmo sujeito, que ganhava uma miséria e imitava as vozes de todo o elenco: dos velhos, das moças, das crianças e dos galos.

No meu tempo, havia televisões em preto e branco de cinco polegadas com rádio AM/FM, que só sintonizavam à base de petelecos e mandinga brava. Havia a frequência UHF e um cheiro permanente de queimado saindo de trás do televisor.

Nos idos d'antanho, as antenas eram Plasmatic, tinham a forma triangular e um bombril na ponta. A gente costumava revezar o membro da família encarregado de ficar de pé, ao lado do aparelho, segurando a antena num ângulo específico — o braço esquerdo levemente arqueado, os joelhos dobrados, o pescoço pra trás. Era como nós praticávamos ioga naquela época.

As partidas de futebol eram mais proveitosas: todos os jogadores tinham a coloração esverdeada e cada atleta recebia a marcação cerrada de um habilidoso irmão gêmeo. Nunca dava pra ver a bola e, aparentemente, os 22 elementos em campo usavam a mesma cor de uniforme, rolando a pelota fraternalmente para o mesmo time. Era bonito o futebol no meu tempo.

À tarde, a gente assistia ao game show *SuperMarket* (Band), uma despropositada gincana dentro de um supermercado. Acertávamos a resposta das charadas que o Ricardo Corte Real fazia sobre produtos lácteos, extrato de tomate e desinfetante. Sabíamos de cor em que corredor ficava o pepino em conserva e a maionese gigante. Era durante o *SuperMarket* que a luz de casa começava a falhar, anunciando a hora de ir tomar banho (antes que os vizinhos sugassem toda a energia local).

A televisão de outrora valorizava a rapidez de raciocínio (imagens oscilantes), a incerteza filosófica ("O que foi que ele disse?") e a imaginação do espectador, pois nunca dava pra distinguir com clareza o que estava acontecendo ("Olha, mãe, eu acho que tem um óvni ali atrás do Cid Moreira").

Com o advento da transmissão em alta resolução, tela de cristal líquido Full HD e som estéreo 5.1, ficou mais chato assistir à televisão.

Folha de S.Paulo, 17 de outubro de 2010

Democracia ou cama

Quando vi pela primeira vez um controle remoto universal, achei que fosse um místico controlador de todas as tevês da vizinhança. O sujeito se postaria no meio da rua, feito um mago, apertaria o botão de desligar e pronto, acabou a farra da novela para o quarteirão inteiro.

Lembro de um vizinho que, maravilhado, mudava de canal na sala e dava um passo pra trás, alcançava o corredor, abria a porta e se postava no meio do quintal, na esperança de ver até onde a feitiçaria podia ir.

Isso era mais divertido em dias de jogo do Brasil, quando tentávamos desligar alguma tevê à distância, trepados no portão alheio, só pra ouvir um sapato voando e um berro de desespero lancinante.

Eu mesma devo ter subido no telhado para tentar mudar sorrateiramente de canal as tevês de um edifício próximo, e na minha cabeça acho que consegui.

Naquela época, além da mística coletiva do controle universal, era comum que as casas tivessem um só aparelho para a família inteira. Ele se localizava na sala (não existia esse disparate de tevê na cozinha, na lavanderia, no banheiro) e era disputado a tapas nos dias mais críticos.

O chefe da família, invariavelmente corintiano, detinha o mando do controle nos dias de clássico. A dona da casa não abria mão da novela, os avós achavam graça em cochilar na *Sessão da Tarde* e os filhos eram contemplados seguindo a ordem de idade — o mais novo, recém-apresentado às teorias de Habermas e da Escola de Frankfurt, dizia que a tevê era o ópio das massas, mas assistia com o canto do olho às videocassetadas do Faustão enquanto fingia ler um texto em xerox.

Havia democracia naquele tempo — quem quer assistir ao Jô Soares levanta a mão — e os perdedores que tratassem de ir para a cama mais cedo. Vigorava uma lei tácita de prioridade (era de quem pagou a tevê), e vez ou outra valia a lógica do "sentei primeiro" ou "cheguei antes".

No final, ninguém saía ganhando porque acabava a luz sem motivo ou uma ventania derrubava a antena, e o jeito era fazer palavras cruzadas. No meio da rua, o vizinho tentava ler mentes com o controle remoto universal.

Hoje cada um da família tem a sua tevê, ainda que estejam todas sintonizadas na mesma reprise de *Zorra Total*.

Folha de S.Paulo, 30 de outubro de 2011

Free ZN!

Uma vez me perguntaram se a zona norte tinha condições de se separar de São Paulo, constituindo uma cidade com outro nome. Respondi que sim: a ZN podia se emancipar de São Paulo e se chamar Hospício.

Foi grande o risco que corri de ser expatriada e perseguida em praça pública por nativos brandindo tochas e tridentes, já que uma das características dos locais é justamente o senso de humor confuso. É fácil ofender um morador da ZN sem querer; por outro lado, é dificílimo magoar um nativo de propósito.

Nasci e vivi praticamente a vida toda no Alto do Mandaqui, que faz fronteira com os condados do Lauzane Paulista, Bancários, Pedra Branca e Santa Terezinha. Fica para além de Santana, em direção ao fim do mundo, onde ainda se diz "vou para a cidade" referindo-se ao centro, como se o bairro não fizesse parte da capital.

Hoje os moradores se encontram espiritualmente mais próximos do resto da metrópole, por conta de seus possantes tunados e do ímpeto catequizante dos motoristas do 118C, que cruzam as ruas com o furor da cavalaria cossaca.

A despeito disso, zona-nortenses mantêm suas diferenças antropológicas, tornando imediato o reconhecimento entre iguais. Por exemplo: o típico nativo da ZN é aquele que chega cedo aos lugares e compra o material escolar na primeira semana de janeiro. Ele é regrado, usa roupas de domingo e tem leve tendência ao corintianismo.

Nestas terras, vizinhos costumam telefonar perguntando onde se pode adquirir uma bigorna de segunda mão, e é aqui que se recebe uma resposta. Há muitas casas, árvores, pássaros e sete tartarugas na mesma quadra — a maior média de cascos per capita do Brasil. Há gente que sai de casa com o cabelo cheio de bobes, e já vi uma menina atravessando a rua Voluntários da Pátria com uma toalha enrolada na cabeça.

A zona norte é também a terra do futuro, onde o progresso segue a galope e ninguém anda de costas. Possuímos três shoppings de grande porte, dezoito filiais da Drogaria São Paulo e incontáveis pet shops.

A zona norte é inexplicável: aqui se encontram serralheiros que dominam o sueco, faxineiras que são também cabeleireiras e decoradoras de interiores, relojoeiros nipônicos que combateram pelas forças do Eixo e a maior piscina de bolinhas da América Latina.

Em que pesem a falta de transporte público decente e a quantidade excessiva de automóveis, a zona norte é um belo lugar para se morar, com vizinhos muito interessantes. Basta ajustar o fuso horário e a lógica.

sãopaulo, Folha de S.Paulo, 22 de janeiro de 2012

Pular, rastejar e rolar

Andar nas ruas de São Paulo é como jogar Pitfall: o herói deve saltar uma poça de piche, desviar das baratas, esgueirar-se pelo meio-fio e pular em cima do jacaré, tomando impulso para apanhar um cipó. Se cair dentro do bueiro, não tem outra vida — a não ser que a imprensa resolva televisionar o resgate e um deputado queira explorar o drama familiar.

No fim da minha rua há uma ladeira esquecida pela história, com parte da calçada tomada por carros estacionados e montes de entulho. O pouco que sobra para o pedestre é um paralelepípedo descolado do chão e uma faixa de terra com um tufo de grama da altura de um pinguim. Ali, torcer o pé é o que de melhor pode acontecer ao transeunte. Circulando pelo meio da rua, ele é acossado por caminhões de mudança, motocicletas desgovernadas, jipes, bicicletas, cachorros, um elemento suspeito que passa correndo e meninos empinando pipa com o fio cheio de cortante. O motorista ainda tira a cabeça para fora da janela e xinga: "Anda na calçada, pô!".

Sair de salto alto é suicídio assistido.

Em muitos lugares, a calçada é um conceito pertencente ao mundo das ideias, sem aplicação prática e materialização na esfera do real. Descendo a ladeira, há rampas em desnível para a entrada de carros na garagem — o pedestre precisa ser um atleta olímpico de cem metros com barreiras, saltitando como uma fada enquanto tenta alcançar o ônibus que já parou no ponto.

No Pitfall do meu bairro, há postes no caminho, placas caídas e um boteco com cadeiras na porta, assim como nos bares da rua Maria Antônia, na Consolação, lotados de universitários com cervejas na mão, fumando e bloqueando a calçada. O segredo ali é passar de mochila nas costas pedindo uma licença geral — e tentando não fazer um *strike*.

Outra coisa que no Mandaqui pertence ao mundo das ideias é o semáforo para pedestres — existe em alguns lugares, mas poucos. A norma é olhar para todos os lados simultaneamente e correr pela vida — o que chamamos de esquema viário "Segura na mão de Deus e vai". Os carros têm a preferência, ainda que esteja chovendo, e é bom torcer para não escorregar.

Em certos lugares são construídas passarelas para pedestres, que por vezes obrigam o andarilho a dar uma volta imensa em zigue-zague só para atravessar a rua. Os automóveis seguem pelo caminho mais curto, as pessoas é que devem fazer os desvios. E fintar sacos de lixo, cocô, arbustos, pombos mortos, sofás velhos e pequenos roedores.

Uma coisa é certa: a vida melhora significativamente quando o sr. Mutti apara a grama da calçada.

sãopaulo, *Folha de S.Paulo*, 26 de maio de 2013

Mandingas de sofá

Poucos sabem, mas o Corinthians foi campeão mundial graças ao meu pai. É que, no meio do jogo, ele viu que estava com a bermuda do avesso. Levantou-se do sofá para tomar providências, mas naquele momento o time alvinegro se lançou ao ataque, o que foi claramente um sinal.

Com o sangue-frio de quem cumpre um dever, meu pai não só manteve o lado errado da bermuda como se sentou no chão, num canto da sala conhecido como "o lugarzinho da sorte".

Ele profetizou: "O Corinthians vai marcar daqui a cinco minutos. Emerson, no contra-ataque". Passados 24 minutos, Paolo Guerrero abriu o placar com um gol de cabeça. "Não falei?"

Em outra ocasião, a seleção brasileira venceu uma partida só porque, após o primeiro tento, meu pai passou 42 minutos de pé, com um dos chinelos calçado e o outro largado no meio da sala, no local exato em que estava quando se deu o lance.

Quando o adversário ataca, não há quem deixe de fazer uma mandinga na frente da tevê, gritando "xô!" três vezes e berrando ordens para o zagueiro. Se a pressão continua, é hora de mudar de canal. Alguns falam diretamente ao juiz ou gritam com o técnico, cientes de sua influência numa partida que está ocorrendo a 18 mil quilômetros de distância.

Há quem vista a mesma roupa durante todo o campeonato e só aceite assistir ao jogo numa determinada emissora, com a televisão no "mudo". A rotina doméstica tem de ser a mesma das vitórias anteriores. Em certas ocasiões, é preciso manter os dedos cruzados por trás das costas durante toda a duração da peleja, por mais que se tenha cãibra quando o jogo vai para a prorrogação.

Ninguém pode passar na frente do aparelho durante uma cobrança de falta. Tapar os olhos nos piores momentos costuma ser uma uruca eficaz para minar a autoconfiança dos rivais. Sem dúvida, há fluidos supersticiosos que emanam do espectador dedicado, adentram a tevê por mística osmose e influem no andamento da partida, por mecanismos que todo barbeiro compreende.

Na decisão por pênaltis da Copa de 1994, o Brasil ganhou porque meu pai estava escondido na lavanderia, ouvidos tampados. Muita gente se recusa terminantemente a assistir a cobranças de pênaltis, por razões nervosas e por medo de influenciar o momento crucial com algum pensamento indevido.

Tudo isso apesar do ditado: "Se macumba desse certo, o campeonato baiano terminava sempre empatado".

Folha de S.Paulo, 7 de janeiro de 2013

Papa Tudo por Dinheiro

Quem deu a ideia foi o meu pai, que irrompeu na cozinha e já foi disparando: sim, a Igreja Católica precisa se adaptar aos novos tempos. Nada mais justo que o próximo papa seja escolhido não por um conclave secreto de cardeais na Capela Sistina, mas durante um reality show transmitido pela Globo em Jacarepaguá, com provas de resistência, câmeras no banheiro e voto dos espectadores.

Seguem as regras, produzidas durante um simpósio entre mandaquienses:

A Prova do Camerlengo irá eleger o líder do grupo, responsável por mandar um dos participantes para a excomunhão. A audiência terá direito a escolher um anjo para a absolvição da semana, baseada em critérios como: carisma, fofura, autoridade sacra e firmeza do coraçãozinho com as mãos.

O *Próximo Papa no Poder*, ou *PPP Brasil*, não terá momentos de tédio. No comando da atração, Pedro Bial promete submeter o Sagrado Colégio a testes relacionados aos sete pecados capitais, com os comentários do padre Marcelo e as bênçãos de representantes da umbanda, judaísmo, budismo e ateísmo.

Passistas da Estação Primeira de Mangueira serão convidadas a sambar na noite da luxúria, patrocinada por uma marca de cerveja. No domingo da gula, quem comer três ou mais hóstias está fora. Bial ficará pessoalmente encarregado de suscitar a ira com seus textos edificantes.

Bancado por uma montadora, o teste de resistência física obrigará os competidores a passarem as matinas, laudes e noas sem tirar as mãos de um papamóvel.

Câmeras 24 horas transmitirão aos assinantes do pay-per-view a coloração da fumaça da chaminé e os espectadores poderão enviar por SMS a frase *Habemus papam* para concorrer a prêmios em dinheiro.

Entre os momentos mais aguardados, destaca-se o voto do arcebispo Francesco Coccopalmerio na solidão do confessionário: "Não tenho muita afinidade com dom Odilo". Conhecido pelas habilidades gregorianas, o vicário de Cristo vencerá com boa margem o karaokê de cantos litúrgicos.

As provas de hagiografia, ortodoxia e fluência em latim seguirão o estilo "torta na cara". Quatro dos dez mandamentos continuarão em voga, sendo vetado o uso de Seu Santo Nome em vão.

É o povo quem irá escolher o nome fantasia do pontífice, contanto que não recorra ao trocadilho fácil de Nicolau XI, o Papanicolau.

E por falar em obviedades, no que tange ao torneio de joquempô, fica proibida desde já a jogada Maria Madalena (pedra-pedra-pedra).

Em dia de excomunhão, sai da casa quem ganhar do público o menor número de pais-nossos e ave-marias.

Folha de S.Paulo, 18 de fevereiro de 2013

Lagartas e outras distrações

No meio do fechamento de uma matéria ou de um prazo apertadíssimo, meu pai abria a porta do quarto e interrompia tudo para mostrar uma joaninha. Ele coletava os animais no jardim e vinha me mostrar nos horários mais inconvenientes, oferecendo um relatório dos hábitos diurnos dos bichos. Dava preferência às lagartas: acompanhava a evolução dos casulos, aparecia para contar as novidades e às vezes abrigava algum bom lepidóptero debaixo de uma folha, quando estava chovendo.

Em casa, surgiam vizinhos no meio da tarde pedindo para passar um fax a respeito de um álbum incompleto de figurinhas da Barbie. Ou um desconhecido vinha trocar sacolas de supermercado por pães de mel, sabe-se lá com que intenções. Alguns pediam ajuda para imprimir o currículo. Tocava-se a campainha pelos motivos mais diversos, e a gente emprestava escadas, livros, cebolas e chaves de fenda, às vezes nessa ordem, no mesmo dia e para a mesma pessoa.

Com isso, minha mãe acabou inaugurando um novo sistema de troca entre os habitantes locais — ela é uma espécie de Centro Local de Necessidades do Cidadão. Fulano está precisando de uma placa de rede para o PC ou de uma pedicure, ela encaminha às instâncias cabíveis e cuida para que todos fiquem satisfeitos. Sicrano não sabe o que fazer com quinze sachês de molho agridoce, ela encontra alguém que está precisando do condimento. Um dia deixaram um espelho de tamanho médio no nosso jardim. Arrumamos um destinatário sem demora. Ela também coleta computadores de dez anos atrás, tenta consertá-los e implora peças aos profissionais do ramo, que ainda lhe presenteiam com dicas de eletricidade. E funciona 24 horas, vejam só.

Às vezes recebemos um pão de calabresa em agradecimento, plantas, abacates ou uma posta de peixe. Já as freiras da região pagam em dinheiro e em orações — que minha mãe pode pedir para terceirizar, quando sabe que outra pessoa está precisando.

Acabei me desviando do assunto; a questão é que, lá em casa, era difícil se concentrar em qualquer tarefa. À tarde era um constante ir e vir de gente descarregando coisas e telefonando, o que pode ser edificante quando não se tem que entregar um texto para anteontem. Trocavam-se incessantemente pilhas, panquecas, santinhos, agulhas de vitrola e programas de computador. Além disso, meu pai passava de lá pra cá com um radinho de pilhas colado ao ouvido esquerdo, desde a época da invenção do aparelho ou desde as cinco da manhã. Hoje, com a mudança para um bairro menos movimentado, há que se acostumar com o silêncio.

Mas nem tudo está perdido: minha nova vizinha acaba de ganhar um cachorro e vai precisar de jornais velhos para absorver os pormenores intestinais do animal — com todo respeito à perenidade e à relevância do trabalho periodístico —, portanto, agora teremos que montar um esquema diário para a exportação e importação dos jornais. Boa notícia. Espero que a vizinha de baixo goste de falar de lagartinhas.

O Estado de S. Paulo, 24 de maio de 2009

PARTE II

Eu não entendo

Luzes acesas

Todas as noites, ele chega do trabalho, acende a luz da cozinha e põe o cachorro em cima da bancada, perto da janela. Todas as noites ele escova o animal, que fica encostado no vidro, espichado, morrendo de cócegas. "Amor, ele está penteando a loira bizarra de novo", diz a vizinha míope, espantada.

Todas as noites, o casal do apartamento da frente bota o bebê pelado no sofá e liga a televisão. Da janela vê-se a mulher passar a roupa vagarosamente, enquanto ele abre uma cerveja e vigia o filho. A vizinha míope acha que a criança é do mal. Eles assistem à tevê sem pular os reclames e ficam horas sem se mover.

Há outro casal que veste o pijama às quatro da tarde, um pijama engomado de gola e bolsinho, listrado ou xadrez. "Amor, eles já estão de pijama", diz a mesma vizinha, tomando certas providências quanto ao próprio vestuário.

Já o advogado da janela de baixo passa as madrugadas de camisa social, cochilando em frente à tevê, e às três da manhã acorda sem saber qual é a capital da Alemanha, quanto tempo a água leva para ferver e se já é hora do almoço. Às vezes ele passa um pano no chão da cozinha, às vezes discute procedimentos jurídicos ao celular. Outro dia estava lendo um livro sobre a China.

A velhinha do lado assiste a programas de culinária no volume máximo e nunca trocou a maçaneta dourada da casa. Às vezes ela fica espiando o corredor pelo olho mágico, quando está sem sono ou quando é sábado à noite.

As luzes estão acesas em todos os apartamentos da vizinhança, e há no ar um cheiro de feijão. É sempre tarde. As moças chegam do trabalho com seus sapatos de salto, os homens largam as pastas na mesa e abrem a geladeira. As crianças vão dormir cedo por causa da escola, os cachorros se enrolam no canto da sala, resmungando palavras em francês. A esposa se põe a contar o que aconteceu no escritório, sem poupar o marido dos mais vívidos detalhes, por exemplo: ela espirrou três vezes antes de assinar o contrato e comeu um abacate inteiro, outro dia pensou em pintar a unha de vermelho, mas acha melhor não. O marido bota um filme no aparelho de DVD e os dois dormem antes de descobrirem que é dublado. Amanhã será preciso lavar a roupa, jogar as batatas fora, pagar a conta do gás. Amanhã será preciso acordar cedo, fazer o café, limpar o umbigo.

A vizinha míope anda o dia todo de pantufas, às vezes senta perto da janela e corta as unhas do pé. Ainda não sabe direito trocar as lâmpadas, mas lava a louça como ninguém. Quando chega a madrugada, ela senta no sofá e começa a ler um livro bem grosso, de capa dura, em companhia das luzes que vão se apagando, uma a uma, até sobrarem o barulho dos caminhões de lixo e o porteiro lá embaixo, assistindo a uma reprise do Pica-Pau.

O Estado de S. Paulo, 29 de março de 2009

Banco Imobiliário radical

Número de participantes: cinco a dez. *Tabuleiro:* Banco Imobiliário. *Objetivo:* Conquistar Itaim, Pinheiros, Berrini e mais três territórios à sua escolha. *Categoria:* Gestão de Negócios Imobiliários. *Local:* Cidade de São Paulo.

Como jogar: Cada empreiteiro corrupto começa com quinhentos dinheiros, quatro notas de cem e um cheque nominal para um deputado. Ao cair numa casa do tabuleiro, deve ir até o local, comprá-lo e erguer um guindaste. O referido empreiteiro poderá instalar seguranças fortemente armados para espantar os outros jogadores durante os cinco anos que vai demorar para concluir a obra. Em cada terreno, um mapa mostrará o nostálgico histórico de escândalos da região, como "Primo de Maluf cobra R$ 6 milhões do município", "MP denuncia empreiteiros envolvidos no escândalo da educação" e "A lista de Zuleido".

A partida: O jogador lança os dados, mas pode contratar um contador para abafar o resultado. Além de logradouros como Santa Cecília, Perdizes e Jova Rural, é possível comprar a Companhia do Metrô — nesse caso, o sujeito entra numa licitação fraudulenta e se compromete a entregar três estações nos próximos vinte anos. Pode até mesmo alegar que serão estações da Linha Ocre ligando o nada a uma plataforma deserta. Se anunciar a integração "Jardim São Paulo-Mandaqui", ganha a admiração da banca.

Tirando sete, o executivo pode arrematar a Avenida Nove de Julho e demolir instantaneamente os corredores de ônibus. Com dez no dado, tem direito a escolher um cartão de Sorte--Revés. Algumas das opções são: "Você fraudou a Previdência. Receba $45 milhões", "Você errou no botox. Perca $10 em direitos de imagem", "Você fotografou uma imagem santa no azulejo da cozinha. Receba $5" ou "A polícia matou seus rivais do tráfico. Receba $100".

Lembrem-se: mesmo os jogadores mais poderosos podem acabar na prisão, mas só permanecem se não tiverem advogados. De lá, saem direto para uma Concessionária de Importados Alemães (quinhentos dinheiros) e podem fazer uma bela terraplenagem na região do Itaim por apenas trezentos dinheiros. Outras opções de Sorte-Revés são: "Você encontrou um esquilo morto no seu refrigerante. Receba $600 em indenizações", "Você foi cassado por decoro parlamentar, mas continua na Comissão de Ética do Senado. Receba $400".

Em vez de irem à falência, os jogadores vão à Europa.

Término do jogo: ganha aquele que tiver mais obras pela metade e falir os transportes públicos. Como alternativa, ganha aquele que roubar a banca sem chamar a atenção da imprensa.

O Estado de S. Paulo, 23 de novembro 2008

O alfabeto das ruas

Na rua Almofada, em Perus, foi encontrado um laboratório de refino de cocaína em 2007. Na rua Alpercata, no Jardim Robru, há uma loja de conserto de máquinas de costura. Na rua das Antas, em Sapopemba, há uma moça chamada Marisa que quer ser secretária. Na rua Antípodas, no Jardim Bologne, há uma empresa que fornece serviço de brigadistas e cursos de bombeiros.

Há cultos todos os domingos às dezenove horas na Igreja do Arrebatamento da rua Antíoco, no Imirim. E uma casa de 140 metros quadrados para vender na avenida Apólogos Orientais, no Jardim Marciano, por 60 mil reais. O imóvel tem dois quartos, sala, cozinha, banheiro, lavanderia, varanda e garagem coberta para dois automóveis. Na rua Apreciando a Cidade, em Cidade Tiradentes, há uma mercearia de nome Serve Sempre. A rua Aves ao Vento, no Capão Redondo, se inspirou no filme de Yasujiro Ozu de 1948, *Kaze no Naka no Mendori*. Há três ruas Avestruz na Grande São Paulo: uma em Osasco, outra em Vila Rica (Brasilândia) e a terceira no Recanto do Paraíso (Perus). Reparem: há uma rua Avestruz em Perus.

É dos vereadores e prefeitos a competência de dar nomes a vias e logradouros públicos. Os moradores só podem solicitar as alterações quando se tratarem de denominações homônimas ou, não sendo, se forem similares na ortografia, fonética ou fator de outra natureza, gerando ambiguidade de identificação. Também podem pedir a mudança de denominações consideradas ridículas, desde que dois terços dos domiciliados concordem.

Nos últimos anos, cerca de 35% dos projetos na Câmara foram destinados a alterar nomes de vias da cidade. Assim é que se mudou a nomenclatura de locais consagrados, como a ponte Cidade Jardim (atual Engenheiro Roberto Rossi Zuccolo), o túnel Nove de Julho (que já se chamou Daher Elias Cutait), a avenida Águas Espraiadas (atual Jornalista Roberto Marinho) e o viaduto Aricanduva (atual Engenheiro Alberto Badra). De 1927 a 1930, a avenida Paulista levou o nome de avenida Carlos de Campos, ex-governador do Estado, mas o povo não aprovou a medida e a denominação voltou ao normal.

Há nomes de ruas para todos os gostos, do começo ao fim do alfabeto — existe um morador de sobrenome Maluf na rua Zabelê, no Parque Paulistano, e uma loja de decorações chamada Rique na rua Zavuvus, na Vila Missionária (Cidade Ademar). Na rua Zike Tuma, no Jardim Ubirajara, há um apartamento à venda "sem problema de gente passando na janela". Na Grande São Paulo, há duas ruas Zíngaras e uma rua Zircão, onde se pode visitar uma empresa desentupidora chamada A Poderosa. Ainda não se sabe o motivo do nome da rua Zo Wada, em Vila Friburgo.

E, por último: há um sujeito de sobrenome Zizza que mora na rua Zuzarte Lopes, na Vila Nívi, via que leva o nome de um sertanista que morreu devendo trinta patacas ao primo Bartolomeu em 1635.

O Estado de S. Paulo, 21 de dezembro de 2008

O nome da rede

No início de agosto de 2013, a prefeitura de São Paulo inaugurou um ponto de wi-fi gratuito na praça Dom José Gaspar. A rede, chamada Wifi_livre, oferece uma conexão de internet de 512 kilobits por segundo e faz parte do projeto Praças Digitais, a ser implementado em 120 espaços públicos até o fim de outubro.

É uma boa notícia para os sem-sinal, aquela parcela da população que vaga pelas ruas procurando uma rede desprotegida para filar; são munícipes que não podem pagar um plano de 3G e dependem da bondade de estranhos para acessar a internet do smartphone — ou da ingenuidade de quem escolhe "admin" como senha de segurança.

A prática de sair por aí detectando sinais de rede em uma área tem nome: *wardriving*, variação do método popularizado nos anos 1980 que consistia em discar números aleatórios de telefone até encontrar um modem (*wardialing*). Acessar redes sem autorização é eticamente questionável e se chama *piggybacking* (termo para pegar carona nos ombros de alguém).

Eu, de minha parte, pratico o *warwalking* só por diversão. Fico imaginando o momento em que a pessoa batizou o sinal e, emocionada, lançou-o para o universo.

Minha rede preferida era a RickyMartinForever, fornecida pelo morador anônimo de um prédio em Santa Cecília e acessada pelos pacientes da clínica de fisioterapia que eu costumava frequentar.

Em Campos Elíseos há redes com o nome "cutícula", "maritaca voadora" e "avante zóião". Em Diadema, o dono da "Patópolis" é vizinho à "Casa do Bozo". O largo do Arouche abriga as redes "podre" e "Rodolfo o GATO".

Criativos são os residentes da Consolação: lá se encontram as redes "Not in Kansas anymore", "sou maravilhoso", "it's Britney bitch", "Playboy Mansion", "etdamaopreta", "nenê careca", "tigre cintilante" e "jesus rodrigo". No Centro, a ótima "homelete".

Há cinco categorias de nomes: os de família ("Família Pessoa"), os de logradouros ("apto64"), os de pessoa física ou jurídica ("Casa do Croquete", "Silas"), os de máquinas ("dlink", "linksys", "HP568 Desk") e os hostis ("Vai conectar na mãe", "Querusar?Paga!", "Conexão com Satanás" e "Vcnaotemmaisoquefazer").

Na rua Doutor Vila Nova, temos "Datavenia", "Árvore", "Comuna" e "Comuna-1871". Na Major Sertório, "Capivara Hermafrodita", "Batcaverna" e "Raskonikov Uai Fai".

A avenida Nove de Julho conta com a curiosa "Release the Bacon", e, na Turiassu, o depressivo: "foreveralone". Há um "Balzac" e um "Casanova", além de um "Batata" e um "Tadeuzão". Na rua das Palmeiras, o wi-fi do "mindigo".

Em Santana, o "Balneário 1" e o "Balneário 2", além do misterioso "Oi querida procurando…", cujo final não pude distinguir, mas deve ser impublicável.

sãopaulo, Folha de S.Paulo, 18 de agosto de 2013

Decodificando letreiros

Quase ninguém sabe qual a lógica por trás da numeração dos ônibus de São Paulo, criada em 1978 na gestão Olavo Setúbal. Chegou a hora de descobrir.

As linhas com três números e uma letra pertencem ao sistema diametral, que liga pontos de áreas distantes.

No caso do 875M-10 — Aeroporto/Metrô Barra Funda, o primeiro e último dígitos (oito e cinco) indicam a região de origem e destino do ônibus conforme a divisão antiga de áreas da cidade. O dígito do meio (sete) informa a classe da linha; no caso, que ela tem integração com uma estação de metrô.

O algarismo central também pode variar de zero a seis, dependendo do quão perto do centro chega o coletivo, sendo zero o centro. Alguns exemplos: 107T — Tucuruvi/Cidade Universitária vai da região um a sete passando pelo centro, ao passo que 352A — Terminal São Mateus/Jardim Helena trafega entre bairros, ligando as áreas três e dois.

A letra é um diferencial que, no primeiro exemplo, significa

Miruna, avenida por onde passa aquela linha, em contraponto ao 875A, de Aratãs.

Na zona norte, temos a distinção entre 971C, 971D, 971M, 971P e 971R, linhas que unem as regiões nove a um passando pelo metrô, e cujas letras significam: Cohab, Damasceno, Mandaqui, Penteado e Jardim Rincão.

Já os ônibus de quatro dígitos pertencem ao sistema radial, composto por linhas que saem do bairro em direção ao centro (5119 — Terminal Capelinha/Largo São Francisco), ou setorial, com veículos que circulam apenas dentro dos bairros (1775 — Vila Albertina/Center Norte).

Nestes, o primeiro algarismo indica a principal via utilizada pelo ônibus (cinco é a avenida Brigadeiro Luís Antônio, seis é a Nove de Julho, por exemplo). O segundo dígito se refere à classe: se é zero, o trajeto inicia e termina na mesma área (6000 — Terminal Santo Amaro/Terminal Parelheiros), e se o valor está entre um e seis é porque vai até o centro (9500 — Terminal Cachoeirinha/Paissandu).

Em todo caso, quando o segundo dígito for sete é porque o coletivo passa perto do metrô.

E não é só isso: algumas linhas possuem um código extra, como 1744-10 — Lauzane Paulista/Santana. Nesse caso, o número dez indica que se trata da linha principal e há uma variante circulando na área; no caso, o 1744-31, uma derivação que passa por outras ruas.

Na prática, depois de mais de três décadas, com a mudança de divisões das áreas na cidade e a criação de novas linhas que não seguem a nomenclatura original, não há nenhuma congruência na numeração dos coletivos de São Paulo.

Como disse um amigo gaúcho, "só pelos números já se vê que o sistema é uma bruxaria".

sãopaulo, Folha de S.Paulo, 15 de setembro de 2013

Decifrando itinerários

Na coluna anterior, desvendei a precisão matemática por trás da numeração dos ônibus paulistanos. Agora pretendo abordar a lógica dos itinerários.

A meu ver, tudo foi decidido numa reunião de cúpula da antiga CMTC (Companhia Municipal de Transportes Coletivos), quando alguns engenheiros de tráfego tomaram absinto e passaram a visualizar figuras míticas no mapa da cidade.

Foi assim que surgiu o traçado da linha 177H, que se assemelha a um dragão celta com pata de bode e cabeça de girafa. O coletivo vai do bairro de Santana ao Butantã passando, vejam só, pela Casa Verde, em duas horas e dez minutos de pura emoção (a certa altura você tem a nítida impressão de estar andando em círculos e reprime o desejo de jogar pela janela uma trilha de grãos de milho só para se certificar).

No traçado do 8528 (Jardim Guarani/Praça do Correio), a inspiração foi um ofídio mitológico que solta fogo pelas ventas. Já o 477P (Ipiranga/Rio Pequeno) é uma píton sinuosa que costura a região sul de uma ponta a outra. Há uma volta no Sacomã que desafia a geometria euclidiana.

Sem dúvida, o responsável pelo itinerário do 172T tentou redigir uma mensagem de socorro que poderia ser lida do espaço, sobretudo quando o ônibus descreve uma parábola no Brás e desenha uma letra ômega na região da Vila Guilherme — então gira em torno de si mesmo, faz um balão brusco e sai a oitocentos metros de onde estava quinze minutos antes.

A linha 828P (Lapa/Barra Funda) prova que a menor distância entre dois pontos é um hipogrifo dando cambalhota; imaginativo, o ônibus leva oitenta minutos para chegar num ponto bem próximo da partida.

Para entender o caminho de um coletivo, às vezes basta ser versado em astronomia: o 117Y-10 (Pinheiros/Cohab Antártica) é uma homenagem à constelação de Ophiuchus, uma das mais confusas do planisfério celeste. A linha vai da rua Sumidouro até o parque da Cantareira, passando pelo Terminal Barra Funda. Por pouco não faz escala na Casa Verde, esse vórtice místico que atrai todos os coletivos.

Minha sugestão é lançar um álbum de figurinhas com o itinerário das linhas paulistanas, como se fossem circuitos de Fórmula 1: minha coleção conteria o 875A (Aeroporto/Perdizes), que é um número três enorme com um rabo de porco; o 702C (Jardim Bonfiglioli/Belém), um gigante corcunda tropeçando no próprio pé; e o 178T (Santana/Ceasa), aparentemente desenhado por um bêbado.

Fato é que nem drogas pesadas podem explicar o trajeto alucinógeno do 312N (Cidade Tiradentes/São Miguel Paulista), um zigue-zague de eletrocardiograma com claros indícios de taquicardia.

são paulo, *Folha de S.Paulo*, 28 de setembro de 2013

701U, a Transiberiana paulista

"Hoje eu consertei o zíper da minha blusa no 701U", declara uma jovem passageira. "Espero encontrar meu grande amor nessa linha", afirma outro rapaz, sonhador.

O trajeto coerente do 701U — Jaçanã/Butantã USP é até hoje um modelo de racionalidade no tráfego. Em seus 163 minutos de percurso, segundo informações oficiais da SPTrans, o coletivo passa pelas ermas ladeiras do Tucuruvi (assim como os 177H e P, que espantam galinhas pelo caminho), chega portentosamente às principais ruas de Santana, às nem tão principais assim, a uma certa viela chamada Perpétuo Júnior e vai além, sempre atrás de um Corsa, pela avenida Tiradentes, Ipiranga, Consolação e Cardeal Arcoverde, onde é cercado de carros por todos os lados e acolhido em uma alegre e estanque quermesse local. (Segundo relatos, em certos trechos dá pra ver o mar.)

Durante essa jornada, muitos passageiros optam por ouvir música, papear ou falar ao celular. O fundo do ônibus se transforma em dormitório, onde os peregrinos encostam-se ao vidro e usam as blusas como travesseiro. Outros cochilam de boca aberta e há sempre uma moça que descasca o esmalte das unhas. De pé, os estudantes leem folhas xerocadas, com canetas marca-texto presas entre os dentes.

Pensando nisso, e diante da evidente escassez de ocupações alternativas, elaboramos uma lista de atividades para exercer a bordo desse coletivo.

1) Massagem nos pés;

2) Conhecer a vida, obra, curiosidades e preferências do cobrador, do motorista e de treze passageiros escolhidos aleatoriamente;

3) Jogar forca no vidro (quando está chovendo);

4) Dormir, acordar, comer, mascar chicletes e voltar a dormir;

5) Olhar o relógio de minuto em minuto, gritando a cada hora cheia;

6) Inventar enigmas obrigatórios para poder passar pela catraca;

7) Estalar todas as articulações do corpo;

8) Planejar seu futuro em 815 pedaços de papel;

9) Rasgar tudo e escrever um haikai;

10) Abrir um pacote de bolachas recheadas e fazer amigos;

11) Gritar "tarântula!", e depois fingir que está dormindo;

12) Cronometrar quanto tempo o ser humano consegue ficar completamente imóvel;

13) Ficar próximo ao controle do Bilhete Único para ver quanto crédito as pessoas possuem no cartão, invejando os abastados e ridicularizando os depauperados;

14) Olhar pra fora e perceber que ainda estamos no meio do caminho;

* * *

Segundo fontes, a Prefeitura de São Paulo pretende transformar o 701U num centro cultural e desportivo. Nele, a população nômade terá acesso a palestras, atividades lúdicas e cursos profissionalizantes. Ao passar pela catraca, será possível jogar tênis, ter uma animada aula de rumba, assistir ao curso prático "O que podemos aprender com os gansos?", realizar caminhadas e assistir na íntegra aos discursos de José Sarney.

O Estado de S. Paulo, 15 de março de 2009

Um conto do 701U

Era uma habitual tarde de inverno. Seis e meia da tarde, o sol já tinha ido embora há um bom tempo e o Jaçanã 701U seguia, com satisfação, seu bucólico caminho para a frente e além.

Não fosse, claro, o trânsito decididamente parado, os vidros fechados, o mormaço terrível e a disposição amontoada de humanos pelos corredores: se alguém erguesse o cotovelo, doze pessoas ficariam feridas ou seriam lançadas para fora das janelas, sem chances para o rebatedor. Um suspiro e o encaixe milimétrico dos passageiros iria para os ares, resultando em gemidos e irritação nervosa. A senhora ao lado olhava para o horizonte, estática como um abajur.

Percorríamos a avenida Tiradentes, ou algo remotamente similar — era impossível enxergar algo além de perucas, carecas, pescoços e chapéus-panamá.

De súbito, ouve-se um murmúrio abafado vindo de um homem, em meio à multidão amorfa do pessoal que ainda não passara a catraca. O moço dizia alguma coisa sobre a cidade de

Santos — mas ninguém ouviu, pois o garoto esmagado entre o assento de cor cinza e o balaústre tinha um walkman suficientemente potente para anular qualquer ruído externo no raio de uns cinco metros. Além do mais, o bebê da fileira esquerda chorava, um casal discutia sobre a hérnia da tia Marilda, e um celular insistia em repetir a mesma melodia sem fim, tentando comunicar-se com o bebê ou com os golfinhos do Pacífico.

Aparentemente, ninguém ouviu o resmungo do homem de Santos. Ninguém, exceto o cobrador. Por algum motivo que escapa à coerência das coisas, ele se levantou do posto e esbravejou:

— ... Mas você não está em Santos, senhor!

Outro resmungo, inaudível para os humanos. Apenas os golfinhos e o cobrador entenderam. Este último, com as veias da testa saltando, pulou da cadeira, com o dedo em riste e berrou, mandando o ônibus parar:

— Desce já! Não vou ficar aguentando desaforo dessa gente. Desce!

Os passageiros, já moldados na forma de um ônibus como massas de risole, soltaram um gigantesco suspiro. Estavam de pé havia mais de uma hora, tenham paciência, meus senhores. Deu-se uma movimentação meio sincronizada, alguns aproveitaram para coçar os narizes e atender telefones. O ônibus brecou de repente, e todos os homens, bebês e balaústres se indignaram. O moço do walkman dançava como um mosquito bobo.

Alguns mandaram o homem descer pela porta da frente. Outros, engravatados, pouco se importavam com a solução para o impasse, contanto que chegassem logo em casa, inferno, olha a hora, ô motorista.

O senhor de Santos, já assustado, fez que ia descer, ensaiou uma ginga marota e arrancou do ônibus uma placa de ferro, anexada na parte de dentro do para-brisas, que dizia: "701U —

Via Armênia, Tietê, Santana". Com a placa nas mãos, golpeou as janelas da frente munido de uma força incrível, quebrando não se sabe o quê (eu só vi cabelos) e causando um estrondo horrível.

Metade dos passageiros ficou encolhida, como cãezinhos molhados. A outra metade gritou e tentou descer pela porta de trás. A metade restante (era gente demais, poxa) arregalou o pescoço e pôs-se a especular sobre o saldo de feridos, a natureza do estrondo e uma hipótese corrente (veiculada pela moça de cinza) de que o senhor encrenqueiro era, na verdade, o Elvis.

O cobrador quis socar ou torturar o homem, bem aos pouquinhos, cravando longuíssimas agulhas enferrujadas no branco de sua pupila. O motorista pediu calma e mandou o indivíduo descer imediatamente. Suspiros.

O ônibus seguiu. Dois celulares já tocavam, o bebê voltava a espernear, a Marilda já retornara ao tópico da discussão quando a velhinha de blusa rosa gritou, no ápice do desespero:

— Ele não desceu! Gente, socorro, ele não desceu!

Ressurgido das cinzas, "ELE" — elevado à categoria de monstro psicopata — pendurava-se na parte de fora da porta, como nos filmes em que o ladrão é atropelado (aparentemente), mas sempre volta a escalar o capô do carro, nos momentos mais tranquilos, quando a música incidental sobe de repente e o pipoqueiro do cinema se assusta.

A senhora ao lado piscava sem parar e se agarrava ao meu braço, rezando uma Salve Rainha Mãe de Misericórdia. O motorista tentou realizar manobras bruscas para derrubar o homem; quem sabe esmagá-lo, dar a ré e passar por cima novamente, como nos desenhos. O moço não caiu, nem virou papel.

A vós bradamos, os degredados filhos de Eva, a vós suspiramos, gemendo e chorando neste vale de lágrimas (ela dizia). Paramos mais uma vez e o cobrador desceu, correndo, a perseguir o homem para matá-lo a dentadas. Alguns passageiros fizeram o mesmo, e, no meio da avenida Tiradentes, entre a cavalaria da Polícia Militar e o Museu de Arte Sacra, um sujeito golpeava os carros, às cegas, com uma grande placa 701U, perseguido de maneira igualmente insana por meia dúzia de homens, um cobrador e duas crianças.

Foi então que o moço do walkman decidiu tirar os fones, desconfiado de que alguma coisa anormal estava acontecendo.

EmCrise, 1º de maio de 2003

O legado de Kudno Mojesic

"Foi demais para Kudno Mojesic", anunciou o jornal *Sunday Mirror*. Em janeiro de 1976, em Belgrado, ele foi preso por atacar os automóveis da rua com um machado, aos berros: "Acabem com todos os carros, eles são obras do diabo!". Daí pra frente, a situação só piorou: hoje os automóveis são a forma de vida dominante no planeta Terra, segundo *O guia do mochileiro das galáxias*, e não há nada que o diligente Kudno possa fazer.

Em São Paulo, a frota de automóveis particulares chegou a 4,76 milhões, com uma taxa de ocupação de uma pessoa e meia por veículo. A cada mês, milhares de novos carros entram em circulação. Toda essa multidão, atordoada, decide dispor de seu direito de ir e vir geralmente ao mesmo tempo, provocando congestionamentos que já chegaram a 266 quilômetros, em maio de 2008 — a distância equivale a 3,325 milhões de potes de Yakult enfileirados. Já a frota de ônibus não chega a quinze mil unidades, a oferta de linhas do metrô é insuficiente, andar de bicicleta é para gente ousada e os pedestres não fariam feio numa violenta partida de queimada.

A vida de quem não tem carro oscila entre longos trechos a pé e o grito "No próximo desce!" num ônibus lotado que não avança há dez minutos. É verdade que às vezes grudamos a cara no vidro e damos bananas aos motoristas de carro ao passarmos velozmente num corredor exclusivo. Mas isso é raro, e ninguém pode nos culpar. A média de tempo gasto com o deslocamento diário é de 33 minutos nos veículos individuais e 69 no transporte coletivo. Há casos em que o tempo de viagem no coletivo triplica, o que pode ficar realmente incômodo se você estiver de pé num 118C — Jardim Pery Alto com uma sacola na mão direita e um vizinho decididamente tísico.

É por isso que, na esteira de Kudno, alguns tentam reconquistar as ruas. "Não estamos atrapalhando o tráfego, nós SOMOS o tráfego", diz um movimento antiautomóveis. Há gente que veste os carros de porco para protestar, como ocorreu em Frankfurt, em 2007. Outros pedalam pelados pela avenida Paulista. Há ainda quem acople estruturas de arame em torno das bicicletas, ocupando o mesmo espaço de um carro.

E há um alemão chamado Michael Hartmann, que se denomina o primeiro atropelador de automóveis do mundo. Ele sai pisando nas máquinas estacionadas na calçada, recusando-se a contornar os carros que estão no caminho. Levado aos tribunais, em 1995, foi sentenciado a pagar uma multa porque, segundo o juiz, poderia desviar dos carros pela direita ou pela esquerda.

Foi então que, para orgulho de Kudno, ele resolveu andar no meio da rua e comer um pão em plena avenida, num ponto onde os automóveis também pudessem contorná-lo. Naturalmente, não foi bem recebido. "Não sou popular em Munique", confessou, antes de ser internado num hospital psiquiátrico.

O Estado de S. Paulo, 10 de maio de 2009

Passinho para a frente, por gentileza

Não há nada mais paulistano do que um ônibus lotado. Um coletivo realmente entupido, com gente prensada contra a porta e um sujeito de cócoras em cima do motor, quase no colo do motorista, tentando se comunicar com uma senhora no banco preferencial, escondida atrás de uma pilha de mochilas, sacolas e um frondoso bonsai.

Nessa conjuntura clássica do transporte local, tem sempre alguém que se oferece para segurar as bolsas. Há um garoto que acabou de comprar esfirras e parece constrangido com o embrulho no colo, torturando olfativamente seus companheiros de ônibus. Há gente que dorme de pé e cai pra frente nas curvas.

Há também um senhor afortunado que conseguiu espremer-se no espaço vago entre um balaústre e a cadeirinha do cobrador, espécie de vácuo VIP do coletivo lotado — mas que, se fosse um pouco mais para a esquerda, permitiria a alocação de duas crianças e um cabo de vassoura. Pairam sobre o sujeito, portanto, olhares de reprovação quanto à ineficácia no aproveitamento do espaço.

É ele o responsável por validar o Bilhete Único da turma que não vai conseguir passar a catraca a tempo, alertando o condutor com um sonoro: "No próximo desce!". Forma-se uma corrente popular para passar o bilhete de mão em mão até chegar à máquina, onde é debitado em polpudos três reais. "Vai descer, motô!", repetem, em coro.

Há sempre uma jovem prensada na roleta e que deve girá-la sem passar pro outro lado, o que invariavelmente faz, orgulhosa, num contorcionismo aperfeiçoado em anos. Bebês, travesseiros e sacolas de compras se espremem entre os circunstantes. Conta-se de um anônimo que já transportou, num ônibus relativamente cheio, um beliche desmontado. Começa a chover e alguém fecha as janelas.

Há gente que precisa descer sem ter que descer, só para dar passagem aos que vêm atrás, e um sujeito que dá sinal na última hora e passa rasgando as bolsas dos concidadãos. Quando consegue escapar, saltando os degraus e ganhando a rua, por pouco não emite um "plop!", feito uma aliviada rolha de vinho. Os restantes se reagrupam enquanto mais três pobres almas adentram pela frente.

Nessas situações, o cobrador é um estrategista, orientando passageiros a irem para o fundo do veículo a fim de liberar o corredor. É ele quem diz: "Um passinho para a frente, por gentileza", diante de risos histéricos dos presentes. "Tem um espaço ali no canto. Vamos colaborar aí, pessoal", ele pede, fingindo não ouvir os comentários sarcásticos de: "Senta no meu colo então" e "Debaixo da roda cabem dois".

Certa vez tomei um ônibus tão cheio, mas tão cheio, que fui prender o cabelo e acabei amarrando junto o de quem estava atrás.

sãopaulo, Folha de S.Paulo, 28 de abril de 2013

O sem-carro

Apesar da tolerância padrão de duas horas, as reuniões da Sociedade Paulistana dos Sem-Carro (SOPASECA) sempre começam atrasadas. A chegada dos associados e o estabelecimento de quórum dependem de fatores meteorológicos, geográficos, sísmicos, sindicais (greve dos metroviários, operação tartaruga da Viação Sambaíba) e subjetivos. Ainda que os encontros sejam marcados nas vizinhanças de estações de metrô, os membros geralmente precisam tomar duas conduções, seguidas de um trem (com baldeação), uma van clandestina, uma carona na rabeira de um caminhão e um trecho de paralelepípedo vencido a pé, totalizando um percurso que leva, em média, uma hora e quarenta minutos. Sem chuva.

Os sem-carro podem sê-lo por opção ou circunstância. No primeiro caso, minoritário, alinham-se autofóbicos e descoordenados. No segundo, pobres e novos-pobres. Em ambos, trata-se de uma condição penosa, que implica desafiar a normalidade social e as prerrogativas vigentes de sucesso, como quem tem seis dedos na mão direita ou torce para a Portuguesa — há quem padeça de ambas as condições, e ainda assim tem um possante na garagem.

Os sem-carro ostentam um senso de equilíbrio aguçado e nunca estão fora de forma. Não só conseguem manter-se de pé como caminham galhardamente pelo estreito corredor de um Jardim Pery Alto/Santa Cecília com vistas a cumprimentar os presentes, tudo isso com uma sacola de travesseiros na mão esquerda, uma samambaia na outra, um triciclo debaixo do braço e um caso crônico de labirintite.

De índole liberal, não se deixam abalar pelo contato físico com os demais passageiros e não se envergonham de cair no colo de desconhecidos nas curvas mais fechadas. Nem fazem caso de, por conta de uma freada brusca, quicar vigorosamente pelos balaústres, bater a barriga na catraca ou colidir com o passageiro à frente, que tem feridas e uma verruga gorda que solta pus.

Os sem-carro sabem de cor o poema de W. H. Auden que diz: "Odioso foi o dia em que Diesel concebeu seu motor maléfico [...]". Eles odeiam os motorizados. É por culpa dessas criaturas torpes que somos obrigados a gastar quarenta minutos para percorrer três quadras da avenida Paulista, constipada de trânsito e de filas quádruplas de carros ocupados por uma única e peçonhenta alma, que ainda por cima canta em voz alta e aproveita o sinal fechado para cutucar o nariz. Da estação Brigadeiro até a avenida Angélica, na hora do lufa-lufa, um peregrino a pé, com seu cajado, vence o percurso na mesma velocidade do ônibus, e ainda toma um café, troca ideias com um Hare Krishna e fortalece a panturrilha.

Só não se pode garantir que ele chegará a salvo no destino, pois, como todo motorista sabe, pedestre não é gente: é alvo. Em grande parte dos cruzamentos não há semáforos com bonequinhos verdes à espreita, a via tem três mãos de tráfego e só falta caírem carros do céu, bem em cima do desprotegido passante. Nessas horas, o sem-carro deve se valer do senso acurado de timing que possui desde a infância, e que vem a ser a mesma habilidade que nós, meninas, temos de entrar e sair de uma corda dupla em movimento, na época da pré-escola, sem tropeçar ou levar uma chicotada. Atravessar a rua sem farol é como pular corda pela própria vida, devendo o pedestre ter noções de física, velocidade angular, direção do vento e intensidade mínima do pique. Também é recomendável vestir roupas chamativas e ter boa capacidade pulmonar, sob pena de tombar exausto, em plena via, e terminar como um ex-pedestre.

Os sem-carro são acrobatas das ladeiras, equilibristas do coletivo, intrépidos beduínos a quem dá mais trabalho chegar ao trabalho do que trabalhar. Ainda assim, são pacientes, pois sabem como ocupar a mente no interior de um sacolejante Santana/Jabaquara. Filósofos por falta de opção, têm revelações profundas sobre a existência humana sempre que o ônibus quebra, o motorista erra o caminho ou a composição estanca, por conta do que se costumou chamar de "objeto na via" — um guarda-chuva ou um suicida nos trilhos.

"Nada como um bonde lento para meditar sobre o significado de todas as coisas", afirmou Luis Fernando Verissimo, numa crônica sobre Porto Alegre. "O bonde Petrópolis subia a Protásio Alves como um velho subindo a escada, devagar e se queixando da vida", escreveu, em outro texto. "Sempre achei que se a linha do meu bairro fosse um pouco mais longa eu teria decifrado o Universo."

E acrescentou: "Se hoje tenho um pouco de equilíbrio emocional, bons reflexos e o mínimo de caráter para não dar na vista, devo tudo ao Petrópolis até o fim da linha ou J. Abbott".

Além de se revelarem pensadores compulsórios e promissores, os sem-carro também aprendem a dormir impassíveis, sem cabecear ou apoiar-se no ombro de um desconhecido ao lado. Para um bom membro da SOPASECA, a habilidade mais invejada é a de cochilar em pé, feito um sábio hindu em estado de graça. Os sem-carro acordam antes de o sol nascer, moram longe e vão a pé. Têm sono o tempo inteiro e, no Mandaqui, já foram pegos dormindo enquanto caminhavam, numa espécie de sonambulismo ao contrário.

"A gente chamava isso de 'piscina'", explicou Millôr Fernandes. O humorista morou quinze anos no subúrbio do Méier, no Rio, e ia trabalhar e estudar de bonde. "Quando você mora muito longe é assim, você chega em casa meia-noite, uma hora, duas, bate com a mão na parede e volta. Já está na hora de trabalhar de novo."

Os sem-carro agradecem diariamente ao Altíssimo pela ausência de escoriações graves e por permanecerem razoavelmente vivos. Eles são atropelados na calçada, na faixa de pedestres, no corredor de ônibus, nos estacionamentos e postos de gasolina por veículos que dão preferência a si mesmos, buzinando alegremente para apressar os velhinhos tísicos que estão no caminho. Os sem-carro incomodam desde Fuscas a caminhões, passando por vans, táxis, motos e os que querem estacionar no meio-fio, bem onde um cego está esperando para atravessar.

No que tange à orientação espacial urbana, os membros da SOPASECA só sabem fazer o "caminho do ônibus", e por isso se quedam extremamente confusos quanto às rotas mais simples e a menor distância entre dois pontos — sobretudo quando o metrô entra na terra e eles se põem automaticamente a dormir, como em estado de animação suspensa.

Quem não é do time frequenta confraternizações sociais usando vestidos de crepe e delicadas sandálias de salto agulha, enquanto os sem-carro vão de galochas, metidos num impermeável cor de laranja e com uma mochila nas costas repleta de lanches, livros, mapas, canetas, uma muda de roupa, esmalte, tesourinha de unha e equipamentos para enfrentar cataclismos climáticos. Quando perdem o Bilhete Único, cedem ao desespero.

Os sem-carro chegam à balada com os pés encharcados, ainda que tenham tido o cuidado de meter um saco de supermercado por dentro do tênis, e tentam ignorar os olhares de incredulidade dos demais. Enfrentam frio, vento e fuligem. Quando enfim alcançam o destino, já é hora de voltar — o último ônibus sai à meia-noite e meia, o metrô só abre às quatro, meus pés estão gelados e amanhã a Portuguesa vai jogar.

piauí, julho de 2011

A mochila do paulistano

Há de se respeitar a mochila do paulistano, essa corcunda de chumbo que carregamos por toda parte em detrimento da elegância e da escoliose.

Trata-se de um volume de tamanho médio, pesando de dois a cinco quilos e contendo o indispensável para a sobrevivência em território urbano, a exemplo do cinto de ferramentas do Batman.

O item mais importante, armazenado num bolso de fácil acesso, é o Bilhete Único, esse místico cartão magnético que abre as portas para a felicidade do transporte coletivo.

Outro objeto obrigatório é o guarda-chuva pequeno, daqueles que custam cinco reais e duram uma única chuva. Quanto mais leve, melhor. É recomendável levar também um plástico para embrulhá-lo quando molhado.

Nessa mesma linha, uma resistente sacola dobrável é item de extrema importância, sendo utilizada para armazenamento geral. A minha tem capacidade para transportar um anão.

No departamento de estudo e lazer, incluímos um caderno

de anotações e duas canetas (uma pode falhar), um volume de palavras cruzadas e um livro (ou leitor de e-book) de livre escolha.

Antes de embarcar num ônibus como o 177H, faço questão de comprar na Amazon uns títulos adicionais para o Kindle. Há os que levam tablets e smartphones com joguinhos eletrônicos, mas a bateria pode acabar.

Em caso de calamidade pública (tufão, enchente, queda de meteoro, greve dos metroviários), nada melhor do que estar na companhia de um paulistano, que certamente terá víveres para a temporada (barra de cereal, chocolate, amendoim, sanduíches, frutas, biscoitos, achocolatado).

A garrafa d'água é tão essencial quanto o guarda-chuva, embora o líquido possa chegar à temperatura de chá. E mais: celular, blusa de frio, molho de chaves, manteiga de cacau, presilhas e elásticos de cabelo, porta-moedas, Band-aids, creme para as mãos, lenços de papel, absorventes, lixa de unha, óculos de sol, canivete, espelhinho.

Na carteira, que se assemelha a um tijolo, carregamos dinheiro (para o ladrão), documentos (cópia autenticada), cartão de visitas, cartão do sus ou do convênio, carteirinha do Sesc, lista de prontos-socorros, cartão telefônico, cartão de crédito.

No meu caso, há também uma quantidade razoável de chicletes, uma caixinha de remédios, pente, lenços umedecidos, kit de costura, pacotinho de sal, clipes, escova de dente, pasta, fio dental, tesoura, um batom, sabonete líquido e uma lanterninha.

Conheço um sujeito que leva sempre na mochila um short e uma joelheira, "para o caso de rolar um vôlei", e outro que carrega por aí uma felpuda toalha de banho.

sãopaulo, Folha de S.Paulo, 23 de junho de 2013

Eu não entendo

Até pouco tempo atrás, passando pelo túnel Rebouças, no sentido da Consolação, lia-se uma frase escrita no muro: "Eu não entendo".

Irmão grafiteiro, seja você quem for, fica aí um recado: eu também não. Há anos não tenho compreendido coisa alguma, fora uma ou outra lei da física e a certeza de que o 177H vai demorar pra passar.

Não entendo, por exemplo, por que existem 198 salões de beleza para cada cinema na cidade; por que há mais pet shops do que padarias; mais agências bancárias do que postos de saúde; por que a piscina do Pacaembu fecha às 16h45, inclusive no verão; por que os novos abrigos de ônibus não protegem contra a chuva, não têm assentos suficientes e nem quadros de informações sobre as linhas — ou seja, só servem de suporte publicitário.

Não entendo por que justo na avenida Higienópolis há um iate clube.

Não entendo um rapaz andando de metrô com uma placa

de carro na mão; assim como não entendo por que sempre falta cloridrato de sertralina nos postos da farmácia Dose Certa.

Difícil compreender por que os serralheiros do Mandaqui muitas vezes chegam para trabalhar com soluço e sabem falar frases em sueco; por que o sindicato dos jornalistas, na República, me lembra uma mistura de repartição contábil com um consultório de dentista da década de 1970, repleto de funcionários destacados só para repor os copinhos de plástico.

Misteriosos também são os desígnios das mulheres que vão de carro até a academia; do metrô que não chega dentro da USP; das férias de 75 dias dos vereadores da Câmara.

Não dá pra compreender como ainda não despoluíram o Tietê e o Pinheiros; nem por que só um em cada dez orelhões costuma funcionar.

Escapam-me por completo as motivações de um certo passageiro de ônibus, um jovem oriental que sacou um cubo mágico da mochila e pôs-se a resolvê-lo numa velocidade incrível, sabendo realmente o que fazia, e dali a dez minutos concluiu a empreitada, levantou-se de um salto e desceu no ponto seguinte.

Não saberia dizer se ele teve um timing e um senso de oportunidade incríveis, desses que só acontecem uma vez na vida, ou se a ideia era descer exatamente quando tudo estivesse terminado; sei que o restante dos passageiros soltou um suspiro coletivo de admiração, louvando o espetacular (e modesto) prodígio do Terminal Princesa Isabel.

Não entendo por que é tão divertido avistar um conhecido num lugar inesperado — outro dia vi o meu irmão subindo a rua do colégio Salesiano e quase me arremessei para fora da janela do ônibus, acenando animadamente. (Ele fingiu que não me viu.)

Não entendo por que na vida tudo passa, menos o 177H.

sãopaulo, Folha de S.Paulo, 21 de julho de 2013

Tevê tormento

Desde o início do ano, os resignados passageiros do 508L (Aclimação/Terminal Princesa Isabel) vêm acompanhando a vida de gente como Alcino, Domênico e Valvênio, insignes personagens de novelas da Globo.

Em São Paulo, já são trezentos ônibus com televisões da Bus Mídia, que exibem uma programação em loop com resumos de novelas, notícias frias, propagandas e receitas, tudo fornecido pela emissora carioca.

Uma das táticas da empresa — que disputa o mercado com a BusTV e a TVO, além da TV Minuto, do metrô — é instalar monitores em pontos estratégicos dos coletivos, a fim de evitar a dispersão dos passageiros, que, cruz-credo!, podem querer olhar pela janela ou puxar assunto com o cobrador.

Além disso, a frota é composta só por veículos com piso baixo total, o que proporciona "um ganho de espaço significativo em relação aos demais ônibus, permitindo acomodar 15% a mais de passageiros. Isso significa mais pessoas expostas à sua mensagem". Os tais coletivos são como trens de carga em que a maioria viaja de pé e as janelas ficam lá no alto, fora do alcance do pulmão médio do brasileiro. Assim é mais difícil oxigenar o cérebro, presume-se.

Se considerarmos que a média de permanência por viagem é de 45 minutos e que "a audiência é garantida", pois não há para onde fugir, temos um público compulsório de 255 mil pessoas por dia.

É gente que vai chegar em casa sabendo que "Jardel fica desesperado ao se deparar com Clotilde" (novela das seis), que "Help diz que vai revelar a identidade de Victor Valentim" (das sete) e que "Fred usa Candê para difamar Bete para Agostina" (das oito). Gente que sabe toda a biografia de Ariclenes, Sinval e Berilo, e que não se espantou quando Maureen contou a Deodora que Nelinha era sua irmã.

São passageiros atônitos, hipnotizados, presos no trânsito e prensados entre um senhor rotundo e uma moça que dorme em pé, numa situação em que só o que resta é assistir pela nona vez a uma receita de brigadeiro trufado.

Se é lícito infligir a civis inocentes tamanho suplício, que ao menos o governo forneça um controle remoto por passageiro, a fim de que possamos trocar de canal, desligar a tevê ou acelerar a viagem.

Folha de S.Paulo, 12 de setembro de 2010

A filosofia sacolejante

Pode-se dizer, com segurança, que meu caso de amor com o transporte coletivo não é passageiro — com o perdão do trocadilho. Seu ápice se deu em 2008, quando publiquei *O livro amarelo do Terminal* (Cosac Naify), um trabalho jornalístico sobre a rodoviária do Tietê. Mas esse não foi o início e nem o fim.

Meu relacionamento com os ônibus começou em 1993, aos onze anos de idade, quando ganhei o direito de andar de ônibus por conta própria. Foi com uma euforia desgovernada que tomei meu primeiro coletivo sozinha, no Terminal Santana, e por algum tempo essa foi a minha principal motivação para frequentar a escola: a promessa de que, na saída, eu viajaria garbosamente num mamute de lata, golpeando os passageiros com minha mochila extravagante e fazendo troça dos imaturos que voltavam de perua ou de carro com os pais. Naquela época, só o que eu almejava era um dia poder erguer o braço e fazer o sinal, posto que eu só sabia subir num ônibus que já se encontrasse parado em seu ponto final. Minha amiga Fabianny já conhecia essa sensação, o que sinceramente me deixava invejosa. Mas Fabianny não perdia por esperar.

Lembro de um domingo à tarde em que eu, minha mãe e o meu irmão fizemos uma viagem absolutamente insólita para a "cidade" (na época, o centro era chamado de "cidade", como se o subúrbio não fizesse parte da capital), onde supostamente passava um ônibus mítico de dois andares, o "Fofão". A gente esperou um bocado, e até hoje ele não veio. Outro ônibus que esperei em vão, este por uma manhã inteira, foi um fretado que levaria meu grupo de bandeirantes a Salesópolis, como prêmio por termos coletado um número obsceno de assinaturas em prol de uma campanha para despoluir o rio Tietê. Não só desconheço a nascente até hoje, como o supracitado rio permanece sulfuroso. Fabianny não estava presente, e desconfio que ela tenha tido algo a ver com o boicote.

Aos dezesseis anos, após meia década de experiência com os ônibus urbanos, arrumei um namorado catarinense. Como, naquela época, viagens de avião eram uma impossibilidade econômica para uma estudante de ensino médio cujas aspirações turísticas mal englobavam a Praia Grande (quando muito), passei os três anos seguintes fazendo viagens de onze horas de duração em linhas de ônibus convencionais com bancos pouquíssimo ou nada reclináveis.

As partidas aconteciam às oito ou dez da noite, e costumávamos chegar a Florianópolis pela manhã. Eu passava a viagem toda acordada, e era geralmente a única, pois quase todos os passageiros entravam direto no quinto estágio do sono assim que o ônibus deixava o terminal e as luzes se apagavam, me fazendo sentir como aqueles personagens de desenho animado que continuam piscando com os olhos bem abertos, mesmo num breu absoluto. Plic, plic.

Levava algumas opções de entretenimento de bordo: um toca-fitas portátil com seleções musicais gravadas em cassetes Basf, um monte de livros e sacolas de comida. O farnel era composto de duas ou três unidades de Toddynho, dois sanduíches naturais de frango e quatro bisnaguinhas como sobremesa, sendo duas de geleia e duas de Io-iô Crem, tudo embalado em sacos plásticos de fecho hermético.

Minhas leituras variavam, mas a que me causou maior impressão foi *Histórias extraordinárias*, contos de terror de Edgar Allan Poe que li entre duas e seis da manhã, sozinha na última poltrona, com pausas ocasionais para sucumbir a um ataque cardíaco sempre que alguém resolvia levantar e ir ao banheiro.

Foi isso o que ficou das minhas madrugadas passadas num ônibus indo ou vindo de Santa Catarina: o silêncio, a solidão gélida do ar-condicionado, os vidros embaçados, a vergonha de acender a luz e incomodar alguém, o céu estrelado sobre curiosas cidades fantasma — como Massaranduba, onde uma vez vi dois velhinhos sentados lado a lado num banco de praça, às cinco e meia da manhã de um dia glacial. (Achei que estivesse morta.)

Saindo de São Paulo, à noite, tinha uma sensação das mais estranhas: olhando através da janela em movimento, sentia inveja daqueles que passeavam pela rua, voltando pra casa ou se preparando para ir dançar, sobretudo nos finais de semana, quando eu me via como prisioneira de um não lugar, habitante de um limbo temporal, a meio caminho entre uma coisa e outra.

Sempre que entro num ônibus, é essa a sensação que tenho: de que a vida é uma passagem silenciosa de um lugar para o outro, onde cabem todas as expectativas, ninguém sabe regular o ar-condicionado e o motorista pode pegar no sono a qualquer momento, embalado pelos roncos sinfônicos dos demais companheiros de trajetória. Todo mundo dorme. Não há outros carros na estrada. Mas, se você tiver sorte, haverá alguém à sua espera no desembarque.

MAN Magazine/Volkswagen, dezembro de 2011

Questões delicadas

— São bem moles, sim, mas em caso de acidente aguentam até quatro toneladas.

O ônibus parou no congestionamento e a moça decidiu que era hora de falar do assunto. Trabalhava como representante de uma empresa de próteses de silicone e estava sentada no banco próximo à catraca. Quando o coletivo parou de andar, sacou o celular e ligou para uma cliente.

— Oi, aqui é a Solange da Ultrasilicone. Consegui as próteses que você me pediu... de 350 mililitros, né?

É difícil saber por que ela resolveu ter essa conversa específica naquele momento, com tamanho requinte de detalhes. Seja como for, o cobrador e os passageiros do 508L tiraram imediatamente os fones do ouvido e se voltaram naquela direção.

— Olha, desse tamanho grande tem muita procura. Antes as pacientes só pediam de 200 e 250 mililitros, mas agora o que pedem mais é 300, 350... até 375.

É um tamanho de busto considerado grande, padrão californiana-loira-de-maiô-vermelho.

— Porque depois da cirurgia o volume desincha e a pessoa acaba ficando decepcionada, né? Você está certa, é sempre bom escolher maior para não se arrepender depois. Vai fazer a cirurgia quando, no dia 6 de junho? Acho que vai trocar os curativos na semana seguinte... Não, não sei. Você pode deixar o cheque comigo esta semana.

Então o ônibus parou em definitivo no trânsito e, para a sorte dos passageiros, a moça resolveu elencar as particularidades da prótese. Era um material de extrema qualidade e de origem francesa, como todos podíamos apurar.

— Você não vai ter problemas com essa. Tem garantia vitalícia. Nunca tivemos que trocar, quer dizer, só uma vez, para uma cliente que tinha o... a prótese muito velha. Mas você teve sorte, uma paciente de Santos desistiu e aí acabou sobrando.

O cobrador olha com cara de espanto. A moça desanda a falar da consistência do produto, que a propósito não racha, não vaza, não deforma e não fica murcho.

— Você vai amar. E esse é o preço mínimo que te passei, mas faço em duas vezes. Foi um sufoco conseguir, sabe. Quer anotar a conta pra fazer o depósito?

Ela passa todos os dados necessários, nome, CNPJ, telefone, e diz que a paciente pode ligar a qualquer momento, mesmo fora do horário comercial. Imagine que tipo de emergência mamária pode vir a acometer a interlocutora.

É uma das inegáveis vantagens do celular: poder compartilhar assuntos delicados de sua vida com o maior número de pessoas indiferentes ao tema. De peito aberto, arrisco dizer.

— São bem moles, sim, mas em caso de acidente aguentam até quatro toneladas. A gente gosta de dizer que até salvam vidas!

sãopaulo, Folha de S.Paulo, 12 de maio de 2013

Os sem-celular

O telefone celular não é apenas um artefato do Coisa-Ruim, assim como a televisão é a Besta encarnada. É um rastreador do governo/alienígenas/palhaços/Grandes Corporações que serve para manter cada indivíduo sob o domínio deles. Via satélite, eles controlam aonde o senhor 9999-9999 vai, o que fala, quanto tempo demora a digerir um rosbife e tudo o que está pensando, inclusive quando, silenciosamente, comemora: "Humm, rosquinhas".

Somos 37 os integrantes do combalido Grêmio Pan-Americano de Repúdio ao Celular, organização com fins lucrativos que se dedica a imprecar contra o aparelho de telefonia móvel. No quadro de associados, figuram meu avô, o Elton John, um sujeito que mora ao sul do Tocantins, uma velha chamada Celeste que tem os dedos gordos e não consegue apertar as teclas individualmente, o Chico Buarque, o Matheus Nachtergaele, o tio de uma amiga minha, a cantora Stefhany do Piauí, um andarilho chamado Ganesha Sol de Oliveira e eu.

Nos últimos meses, o número de membros só tem diminuído, devido à idade avançada dos fundadores e por conta de certos escândalos — como telefones pessoais vibrando durante a reunião de diretoria.

Em dezembro do ano passado, o Brasil chegou a 169 milhões de celulares. São 88,43 aparelhos a cada cem habitantes. É questão de tempo para que todos os terráqueos (menos nós, os 37) estejam sob o domínio deles.

É fácil reconhecer as vítimas. Vejam como ficam desorientados, remexendo suas bolsas diante de qualquer ruído, mesmo quando imitamos o som de telefone com a boca. Diante de um sinal preestabelecido, como o hino do Palmeiras ou "Adocica", de Beto Barbosa, todos sairão correndo para atender seus respectivos telemóveis e receberão ordens de aplicar petelecos uns aos outros. A senha para a instauração da balbúrdia será: "É o meu! É o meu!", e nós, os 37, assistiremos ao espetáculo com um sorriso no rosto, tranquilos e gabolas.

Gostamos bastante de celulares que explodem. Apreciamos macabros ringtones que provocam susto nos proprietários. Exultamos ao ver as filas à porta das operadoras, gente que tropeça no ônibus com o aparelho equilibrado entre a orelha e o ombro e, sobretudo, o semblante de pânico e prontidão no rosto de quem traz a maléfica engenhoca no bolso. Reagimos com euforia às pesquisas que dizem que o celular dá gota, tifo e problemas abdominais a esclarecer. Exemplo: a partir de 1994, a cidade de Londres registrou um declínio de 75% na população de pássaros, o que coincide com a popularização dos celulares na cidade.

Outro dia, li numa revista institucional uma matéria definitiva sobre as benesses do celular, elaborada inteiramente a partir de um gerador automático de artigos: cinco páginas de puro senso comum, com estatísticas aleatórias e frases de efeito a cada fim de parágrafo. O texto, que de resto era profundo como uma bateria de lítio, terminava, triunfantemente, da seguinte maneira: "Com ou sem radiação, símbolo de status, objeto funcional ou companheiro virtual, não importa: o celular mudou definitivamente as nossas vidas — e o seu alcance ainda nem chegou perto de todo o seu potencial".

Como se pode ver, o celular realmente frita os neurônios. Em questão de minutos. "Com ou sem radiação" virou o mote do nosso grêmio, que se gaba de ter um telefone fixo, de disco, só para receber ligações dos advogados da Cooperativa de Telefonia Móvel. Também temos orgulho de haver escolhido Edson Celulari como inimigo número um da classe, num congresso que durou três horas e terminou com uma feirinha de artesanato e papéis de carta.

Uma coisa que invejamos nos usuários, porém, é a capacidade de realizar complexas operações matemáticas e calcular variantes. Exemplo: a operadora X fornece 23% de desconto na franquia mensal para quem gasta 280 minutos em ligações locais, envia cem torpedos por mês, baixa três megabytes de dados e tem uma tia chamada Lourdes. Já a operadora Y cobra só depois do primeiro minuto, permite roaming gratuito, exige fidelidade de dezoito meses e libera sem custos o envio de fotomensagens. É preciso ter doutorado em estatística para computar esses dados. Pois bem, o detentor de um celular considera todos os fatores simultaneamente e, no final, escolhe o pior plano, com os piores atendentes e um sinal fanho que só melhora nas cercanias do pico do Jaraguá.

Em geral, o dono de uma linha iniciada com seis, sete, oito ou nove costuma estrear a engenhoca no ônibus. A quem interessar possa, se é que isso algum dia interessaria a alguém, ele grita: "Alô? está me escutando? Estou entrando num túnel". E em seguida passa a fornecer informações em tempo real sobre o itinerário. É esse o grande barato do telefone móvel: anunciar ao pessoal de casa que já vou chegar, estou na frente do Castelinho, e, pouco depois: "Acabei de passar no ponto do Frangão, mais uns cinco minutos...". É comum mentirem: em Copacabana, dizem que estão quase chegando no Méier. Ou então engatam uma conversa íntima sobre o furúnculo do cunhado, a excursão pela Europa, as enchentes, a evolução das espécies. Quando menos se espera, o bate-papo já virou briga, com direito a descrição dos mais recentes escândalos extraconjugais. O chato é que ninguém está autorizado a levantar a mão e tirar suas dúvidas.

Há também os que atendem ao telefone no cinema, gritando: "Agora não dá, estou no cinema" (não diga!). Ou os que resolvem checar as mensagens durante os trailers, projetando um facho de luz celestial que cega temporariamente até o homem da projeção. Ou então aqueles que usam o aparelho como se fosse um walkie-talkie, no viva-voz, e nem têm a gentileza de anunciar antes: "Estou aqui na praça com mais cinco desconhecidos, uns bebês, a moça do sorvete, o varredor e o pessoal que saiu do filme por minha causa. Todo mundo está ouvindo. O que você queria me contar sobre a sua micose?".

Como se não bastasse, os proprietários de celular são comprovadamente culpados por acidentes de toda sorte, como o entupimento involuntário de privadas e o congestionamento de pedestres nas calçadas. O fenômeno ocorre quando um ou mais transeuntes atendem uma chamada e passam a andar mais devagar, descrevendo um movimento de cambaleante zigue-zague, para desespero dos que estão atrás. É ruim, mas nada é pior do que tentar conversar com alguém que está mandando mensagens. De quando em quando, o sujeito levanta a cabeça, faz a tradicional pausa de quem estava em outra era geológica e pergunta: "Quem?", alcançando o assunto com dois meses de atraso.

Nosso grêmio está aceitando novos membros. A prioridade é para quem nunca teve um celular e não pretende ter, nem sob o seu cadáver, mesmo que seja justamente para chamar a emergência e salvar a própria vida. Também podem se candidatar aqueles que possuem o aparelho mas desejam se recuperar, os ex-nomofóbicos (dependentes patológicos) e os que o deixam desligado na gaveta de casa, desde que não saibam "que botão eu aperto para atender".

piauí, fevereiro de 2010

O louco de palestra

Em dezembro passado, o escritor gaúcho André Czarnobai, o Cardoso, publicou um diário na revista *piauí* intitulado "Pasfundo calipígia". Salvo engano, foi a primeira vez em que se utilizou em letra impressa o termo "louco de palestra". Imediatamente, a expressão ganhou densidade acadêmica e popularizou-se nos redutos universitários nacionais, encorajando loucos latentes e chamando a atenção da saúde pública para o problema.

O louco de palestra é o sujeito que, durante uma conferência, levanta a mão para perguntar algo absolutamente aleatório. Ou para fazer uma observação longa e sem sentido sobre qualquer coisa que lhe venha à mente. É a alegria dos assistentes enfastiados e o pesadelo dos oradores, que passam o evento inteiro aguardando sua inevitável manifestação, como se dispostos a enfrentar a própria Morte.

Há inúmeras categorias de loucos de palestra, que olhos e ouvidos atentos podem identificar em qualquer manifestação de cunho argumentativo-reflexivo, com a palavra franqueada ao público.

Há o louco clássico: aquele que levanta, faz uma longa explanação sobre qualquer tema, que raramente tangencia o assunto em debate, e termina sem perguntar nada de específico. Seu único objetivo é impressionar intelectualmente a plebe, inclusive o palestrante oficial. Ele sempre pede licença para "fazer uma colocação".

Há o louco militante, que invariavelmente aproveita para culpar a exploração da classe dominante, mesmo que o tópico do debate seja arraiolo & bordado.

Há o louco desorientado, que não entendeu nada da palestra — e não vem entendendo desde a 2ª série, quando a professora lhe comunicou que o Sol é maior que a Terra — e, depois de circunlóquios labirínticos, faz uma pergunta óbvia.

Há o que faz questão de encaixar no discurso a palavra "sub-repticiamente": é o louco vernaculista.

Uma criteriosa tipificação do objeto de estudo não pode deixar de registrar o louco do complô, que, segundo integrantes do próprio complô, é "aquele que acredita que toda a imprensa se reúne de madrugada com o governo ou a oposição para pegar a mala de dinheiro".

Ou o louco adulador, que gasta os trinta segundos que lhe foram franqueados para dizer em dez minutos como o palestrante é divino. O louco deleuziano, que não sabe o que fala, mas emprega muito a palavra "rizoma". E o louco pobre coitado, que pede desculpas por não saber se expressar, o que não o impede de não se expressar durante minutos intermináveis.

Depois de falar "Gostaria de fazer uma colocação", todos podem usar a expressão "na chave de...". Como nessa típica colocação: "O jornalismo entendido na chave da sociologia é sem dúvida uma ocupação rizomática, em termos de vir a ser". São poucos os que dizem que algo acontece por causa de outra coisa. É sempre "por conta" da coisa qualquer em questão.

No entender de Cardoso, é raro não haver um louco à espreita quando ele está palestrando (ou painelando, ou debatendo, ou mesmo plateiando). O mais recente de que ele tem lembrança manifestou-se num encontro de blogueiros com editores, em São Paulo. Na ocasião, um camarada que até então ouvia tudo com atenção — mas em silêncio — pediu a palavra. "Em primeiro lugar, queria dizer que não sou blogueiro, não leio blogs, não entendo nada dessas coisas, mas também tenho direito a uma opinião", afirmou, à guisa de apresentação.

E prosseguiu: "Sou médico comunitário, organizo saraus na periferia e quero dizer que discordo de tudo que todo mundo falou aqui. Está todo mundo puxando o saco da Companhia das Letras".

E disse mais: "O blog da editora está muito feio. Não tem cara de blog. Tem mais cara de site, e além disso acho que ninguém quer ler sobre os bastidores de como são feitos os livros".

Em poucos minutos, ele invalidou audaciosamente tudo o que havia sido postulado até então. É o louco de palestra majestático, que ouve a conferência com ar de superioridade e acha tudo uma grande e gorda estultice.

Um bom louco de palestra é sempre o último a falar, pois passa o tempo todo digerindo o que foi dito. Só então ele pode dar alguma declaração desvinculada do tema, equivocada, mal-intencionada ou apenas incompreensível. Para o jornalista Matinas Suzuki, o tipo contempla com desprezo o que se discute, aguarda pacientemente a sua vez e, então, discorda com virulência. "Me corrijam se eu estiver errado", ele diz a certa altura, só para parecer democrático. "Concordo com tudo o que vocês disseram, mas ao contrário", prossegue. Ou ainda: "A minha colocação engloba a do companheiro e vai além", num típico comentário condescendente de loucos de assembleia.

Há que se distinguir o maluco de palestra do desvairado de assembleia estudantil ou sindical. Nesta última, não há palestrante; todos têm o direito de incluir o nome na lista de oradores e falar, sem a necessidade de se ater forçosamente a um tema.

Segundo uma enquete com personagens da época, um dos mais célebres representantes dessa categoria, na década de 1970, era o Gilson, um estudante do curso noturno de economia na Universidade de São Paulo. Era um gordinho trotskista que tinha a voz fina e usava um bigode ralo. O outro era o Reinaldinho, da ciências sociais, que, qualquer que fosse o assunto, dava sempre um jeito de encaixar a frase: "O concreto é a síntese de múltiplas determinações". É verdade. Até Marx sabia disso. Mas repetir o conceito em todas as assembleias da USP dos anos 1970 nem Engels aguentaria.

Embora essas duas categorias de louco (palestra vs. assembleia) se diferenciem por motivos óbvios, existe a possibilidade de infiltração de loucos de palestra numa típica assembleia estudantil/sindical. O infiltrado, em regra, é aquele que toma o microfone à revelia de todos e anuncia: "Questão de ordem!", ainda que a alegação não proceda. Daí em diante, a performance é livre.

São assim os loucos de palestra: audazes, imprevisíveis, implacáveis, destituídos de noção ou sentido. Cardoso também se lembra de um debate em Curitiba, quando "um senhor moreno, grisalho, com uma sacola ecológica atravessada no peito e toda a pinta de quem pratica ioga, anunciou que 'a internet é como uma vaca mágica, de onde cada um extrai o leite que deseja'".

Infelizmente, é só isso que ele se lembra daquela longa e bizarra colocação.

Há quem se depare com um louco contemplativo, que é dos mais difíceis de lidar. Sobretudo na primeira mediação de sua vida. Foi o que ocorreu com o escritor e editor Emilio Fraia, que, nervoso e pautado por dezenas de papéis amarelos, conduziu um debate entre o cineasta Hector Babenco e o escritor William Kennedy, no dia 11 de agosto de 2010, em São Paulo.

"Primeiro, a moça levantou a mão e disse: 'Eu tenho uma pergunta'", contou Fraia com a pungência de quem luta contra um quadro de estresse pós-traumático. "Então, ela disse não saber por que estava ali. Viu que haveria uma palestra e entrou." A moça era de Minas, estava há quatro dias num quarto de hotel, sozinha. "Mas gostei muito do que o senhor Kennedy falou, de ter sido recusado por treze editoras antes de publicar. Sou artista plástica."

Nesse instante, começaram os apupos da plateia: "Pergunta!". Intrépida, ela não fez caso: "Tenho um trabalho baseado em cores e…". Apupos, apupos.

Ao término do arrazoado, Fraia não conseguiu esboçar reação. Ficou vermelho. Paralisado. "Até que a palestra encerrou-se por si só. Foi o fim, nada mais poderia acontecer após aquela intervenção", relata.

Outra recente ocorrência de louco contemplativo deu-se numa palestra da escritora Fred Vargas, no Rio de Janeiro, acerca do caso Cesare Battisti. Um sujeito pediu a palavra e falou vinte minutos sobre a sua militância no Nordeste, nos anos 1950, sem pronunciar nem uma vez o nome de Battisti.

Com esse tipo de maluco em vista, o cartunista Laerte Coutinho confessou imaginar o que restaria daquela experiência para o sujeito, o louco propriamente dito. "Acho que tudo se reduz à sua própria intervenção", filosofou Laerte. E emendou uma teoria: dos debates, o louco de palestra deve se lembrar tão somente da sua performance. "Lembra aquela vez, em Curitiba, quando eu levantei a mão e comparei a internet a uma vaca mágica?", diria o sujeito, satisfeitíssimo, numa reunião de um hipotético Grupo Unificado de Apoio aos Loucos de Palestra, o GULP.

O que poucos sabem é que a origem do louco de palestra remonta à história do pensamento. "Acho que ele surgiu pela primeira vez na Ágora grega: a democracia está cheia de loucos de palestra", postula o editor Milton Ohata.

Na peça *As nuvens* (423 a.C.), o dramaturgo Aristófanes, por exemplo, faz chacota dos sofistas — os loucos de palestra mais insignes da Grécia Clássica. Naquele tempo, já existiam "profetas, quiropráticos, mocinhos cabeludos, poetas ditirâmbicos, astrólogos, charlatões, impostores e muitos outros mais", diz o texto. Gente que se rendia ao arrebatamento do discurso e à volúpia da articulação, um bando de consumados tratantes, palavrosos e descarados. Tais como Cairefonte, discípulo de Sócrates, que levantou a mão certa vez e perguntou ao mestre qual das duas era a teoria certa: "O mosquito, ao zumbir, se utiliza da boca ou justamente do contrário?".

Na antiga Palestina, talvez durante o Sermão da Montanha, devia haver loucos de palestra prontos para agir. Uma das perguntas lançadas ao Filho de Deus, e omitida dos registros canônicos, teria sido: "E aí, o que está achando de Cafarnaum?".

Especulações à parte, uma coisa é certa: foi um louco de palestra fariseu que abordou o Messias com uma pergunta mal-intencionada, e que recebeu como resposta: "Dai a César o que é de César e a Deus o que é de Deus". Uma reação divina ao interlocutor maledicente.

O que nos leva de volta ao difícil papel do mediador. É sabido que, diante de um louco de palestra, ele tem poucas opções. Uma é dirigir-se a uma rota de fuga predeterminada, levando os braços ao ar e abandonando o público à própria sorte. A segunda é a solução escolhida por Emilio Fraia: a completa e resignada paralisação, seguida de conclusão precoce do seminário e aceitação da ruína. Numa variante pouco mais elegante, o mediador pode emitir um constrangido: "Fica aí a pergunta", e encerrar a palestra com certo ar de mistério.

A terceira saída é se fingir de louco e ignorar a intervenção por completo. A tática é defendida por oradores calejados como o jornalista Humberto Werneck. Durante um papo sobre seu livro O *santo sujo*, em Belo Horizonte, um rapaz pediu a palavra e não fez pergunta alguma — divagou sobre coisas que ninguém entendeu. "Acho que era doidinho, e não fiz mal em esperar que esvaziasse a piscina verbal. Levou vários minutos. O cara terminou sem ponto de interrogação. Agradeci a participação e fui ao perguntador seguinte", conta, sem constrangimento.

A quarta e última reação possível é a mais artística e profissional de todas. No domínio dessa técnica estão mediadores experientes como o crítico de arte Alberto Tassinari. Ele diz ter muita paciência quando um louco desses se pronuncia, "pois sempre bate em algum lugar respondível e o diálogo fica tremulando entre sua racionalidade intrínseca e sua irracionalidade que vem de fora, fora de hora e quase inutilizando tudo".

O professor Samuel Titan Jr., da USP, é do mesmo time. "Meu louco favorito começa pedindo para fazer uma colocação e embarca imediatamente na autopromoção, que pode ser pseudoacadêmica, pseudoliterária ou de fundo ressentido (nas variantes de raça, sexo, classe, opção sexual ou todas as anteriores)", revela, com a sabedoria advinda da experiência.

Nesses casos, ele recomenda que a única saída para se livrar da situação é "responder alguma coisa que não tenha nada a ver com o que ele disse e que tenha alguma coisa a ver com o que você tinha tentado dizer, tudo isso olhando no olho da criatura e usando cá e lá umas palavras difíceis, que é pra ver se o bicho se intimida — em geral, nem um pouco".

É preciso encarar essas coisas filosoficamente, pondera Titan, que há poucos meses teve que enfrentar um belo exemplar da espécie.

O episódio ocorreu em 25 de março, na Casa do Saber, em São Paulo, num debate sobre ensaísmo. Estavam presentes o arquiteto Guilherme Wisnik, o artista plástico Nuno Ramos, Matinas Suzuki Jr. e, como mediador, Samuel Titan Jr.

A gravação em vídeo do colóquio é uma verdadeira obra-prima tragicômica. Por um feliz acaso, a câmera permanece focada nos quatro palestrantes durante a longa peroração de uma moça da plateia, que deve ter tomado fôlego antes de se levantar. Cada um dos intelectuais supracitados reage à sua maneira, coçando a cabeça, esfregando o nariz, olhando pra cima e tentando desesperadamente manter a compostura diante de ocorrência tão alarmante.

A intervenção se dá em dois tempos. No primeiro, que dura quase cinco minutos corridos, a moça expõe a sua verve: "A minha pergunta é sobre lugares e fronteiras", inicia, num tom didático que pressupunha prévia reflexão sobre o tópico. "Eu vejo o ensaio como um espírito livre do pensamento expresso na forma escrita. Então acho que ele merecia um lugar de destaque, mas pelo que eu vejo da discussão, do debate entre vocês, há uma questão do lugar e das fronteiras, quando se fala num lugar chamado 'entre nós', ou quando se fala no Brasil, no mundo e, indo mais além ainda dessas fronteiras, na própria realidade."

Dominado por um compreensível reflexo instintivo, Nuno Ramos passa a beber água compulsivamente. Samuel Titan alterna vigorosas coçadas de cabeça a uma distraída extração da pele ao redor das unhas. No coração de todos, a esperança de que a pergunta não tardará. A moça prossegue: "Eu vejo o ensaio como esse espírito livre do pensamento escrito porque ele vai além do pensamento escrito, chegando à realidade, com toda essa liberdade de conexões intertemas, e não só temas intelectuais ou conceituais ou acadêmicos, mas os próprios acontecimentos da realidade".

Curiosamente, os quatro palestrantes decidem apoiar-se no cotovelo esquerdo, recostam-se nas cadeiras e cruzam os braços, como que tentando se defender da avalanche de conceitos que lhes são atirados impiedosamente.

E a moça vai em frente: "Então vejo uma maneira de resolver esses dilemas, essas questões que foram apresentadas, e me atendo ao que foi debatido entre vocês, que os ensaístas deveriam eles mesmos se colocar como espíritos livres".

Sublinhe-se que ela faz referência à discussão e promete se ater ao que foi debatido, como se procurasse despistar a audiência. Dito isso, segue em frente: "Criar como que uma onda, o ensaio como uma pedra que cai na água e gera ondas não só daquilo a que ele se propõe, mas indo além. Indo além da própria subjetividade de quem escreve, ou do próprio arsenal de conhecimento acadêmico restrito, então o próprio ensaio brasileiro precisa adotar a postura de quebrar essa fronteira e se colocar como um ponto de convergência de forças que estão presentes no mundo hoje, tanto politicamente, como literariamente, cientificamente, artisticamente".

Depois daquela peroração sem perguntas, Samuel Titan interrompe a moça e faz o que pode para encaminhar o debate. Os palestrantes comentam uma suposta "zona de conforto" no ensaísmo brasileiro, termo que a moça citou a esmo, dentro de um contexto só dela. O debate parece que vai engrenar. Que nada: num momento de deslize do mediador, a moça da plateia leva a melhor e consegue retomar o raciocínio: "Tenho visto coisas riquíssimas", ela interrompe, e torna a abusar de advérbios: politicamente, literariamente, cientificamente.

É o segundo momento de sua dissertação, quando, em resumo, ela conclui que é preciso cultivar um ensaio "que também se dilui, também luta sub-repticiamente. Tem que haver uma coragem de sair da zona de conforto, quebrar essas fronteiras pra conseguir criar novas fronteiras, realmente fazer diferença na realidade". Assim é encerrada a sua fala e, com ela, o debate.

De tanto ver Nuno Ramos bebendo água temeu-se que ele pudesse ter uma congestão.

A lenda é difusa, mas deve ter ocorrido nos anos 1960, durante uma aula do professor Bento Prado Jr., na rua Maria Antônia. Terminada a explanação, em que o docente citou o filósofo Plotino várias vezes, um aluno respeitosamente levantou a mão e disparou: "Com licença, professor. Esse Plotino aí não seria o Platão, não?" Ao que o mestre respondeu: "Não, cretão".

Como prova de que os tempos mudam, mas os loucos continuam, o escritor Antonio Prata relembra um doido recente da USP. Sua alcunha: Santo Agostinho. "Era um cabeludo, barbudo, meio sujão, sempre chegava com uns jornais que a gente não sabia se estava lendo ou se tinha dormido com eles", descreve. O sujeito tinha lido uma única coisa na vida: Santo Agostinho. "E não importava qual fosse a aula, não importava quanto tempo ele tivesse que esperar, em alguma hora ele achava a ligação. Não fazia uma pergunta, ele vomitava: 'Professor, professor, isso aí que você está falando de — Descartes — Platão — Adorno —

neoliberalismo — assentamento — greve — filtro solar — não tem a ver com aquele conceito do Santo Agostinho?'".

É o louco monotemático, de tendência obsessivo-compulsiva.

Vale observar que nem as grandes personalidades estão imunes ao ataque verbal de um desatinado espectador. Conta-se que, durante uma reunião da esquerda latino-americana em Paris, na época das ditaduras militares, um louco de palestra investiu contra o escritor Mario Vargas Llosa. Da plateia, um barbudão levantou e vociferou: "Mientras Obregón se moría en la selva por el pueblo peruano, tú que hacías?".

O público silenciou. Sem se abalar, Vargas Llosa respondeu que dava aulas de literatura espanhola numa universidade. E devolveu a pergunta: "Y tú, que hacías?".

"Yo tenía la hepatitis", disse o barbudão.

Uma categoria popular é a do louco lírico. "É o cara que, a todo custo, quer ler um poema, um conto, o primeiro capítulo de um romance. Já aconteceu de pegarem o microfone da minha mão e saírem soltando o verbo", disse o escritor Marcelino Freire. Para ele, os poetas são os piores: estão sempre pedindo a voz.

O cartunista Laerte aprecia em particular o louco superespecialista, que conhece o seu próprio trabalho melhor que você, e aponta incoerências e contradições no que acabou de ser dito. Esse tipo pode trazer proventos vantajosos e é até possível forjar um deles para atuar em sua própria palestra — o sujeito levanta a mão e diz que certamente naquele trecho você fez uma referência velada à noção de Witzelsucht tal qual é discutida em Heidegger. Gênio, grande pensador, você emite um "arrã" de modéstia e segue para a próxima pergunta.

Para o crítico Rodrigo Naves, que ministra um curso livre de história da arte em São Paulo, os doidos mais comuns são os carentes, que se põem a falar de seus problemas afetivos, existenciais, mercadológicos. "Tem um oriental que já vi se pronunciar em três ocasiões diferentes", conta, ele mesmo um ocasional louco de palestra, do tipo agressivo, se bem que em recuperação. Houve uma vez em que Naves se ergueu da cadeira e, indignado com a opinião do palestrante, disse: "Não, não, não, não. Não, não, não", como só um bom profissional do ramo conseguiria exprimir.

Há um subgênero de louco latente que, no entender do jornalista Elio Gaspari, é aquele que vai para as conferências, ouve tudo com atenção, mas o negócio dele é a comida oferecida ao final do evento. "Conheci um elegantíssimo, nos Estados Unidos, que ia de terno jaquetão. A piada era que um dia ele faria uma pergunta recitando todas as palestras que ouvira", conta.

O mais recente registro formal de um louco de palestra ocorreu no último dia 10 de agosto, após um bate-papo com os cartunistas Gilbert Shelton e Robert Crumb, em São Paulo.

A intervenção abilolada saiu nas páginas do jornal *O Estado de S. Paulo*, registrada por Jotabê Medeiros: "Um maluco gritou lá de cima do mezanino perguntando qual seria a personalidade morta que Crumb elegeria para tomar uma cerveja consigo". Crumb retrucou: "Não tomo cerveja com gente morta. Na verdade, nem tomo cerveja". Em outro momento da noite, o cartunista pediu que um fã dominasse seus ânimos. "'Shutupfuckoff!', rosnou, e o menino riu".

Bem-aventurado é o louco anônimo, o louco voluntário, o que se levanta indômito no meio da palestra e parte rumo à consagração. Amaldiçoadas sejam as perguntas por escrito, as regras contra a manifestação do público, o apupo impaciente, a placa de aplausos obrigatórios, as pessoas que jogam tomates em quem está atrapalhando o andamento da coisa.

Amaldiçoado seja o antropólogo Claude Lévi-Strauss, que no livro *Minhas palavras* agradece aos alunos por suas reações "mudas, mas perceptíveis" que lhe permitiram desenvolver o pensamento sem grandes atropelos.

Viva aquele que comparece a palestras apenas para matar o tempo, e que ainda assim não perde a chance de se expressar, pois que é interessado em dividir suas opiniões com os outros seres. Viva a falta de noção, de vergonha e de respeito às autoridades presentes.

Todos têm um louco de palestra dentro de si, esperando para aflorar. Somos apenas reprimidos pelos grilhões da compostura, da sanidade mental e da idade adulta, o que nos impossibilita de protagonizar, em conferências, grandes momentos da história da argumentação humana — como quando, na Flipinha de 2005, um ouvinte de cinco anos de idade levantou a mão e perguntou ao escritor Luis Fernando Verissimo: "Você gosta de suco de uva?".

piauí, outubro de 2010

Eu protesto

Em 13 de março, comemorou-se no mundo inteiro o Dia do Número Pi. Quem perdeu a oportunidade de idolatrar essa curiosa constante matemática não precisa se desesperar: este ano ainda teremos o Dia do Aço, o Dia da Estrada de Rodagem, o Dia do Disco Voador, o Dia do Protético e, por fim, o Dia do Protesto, em 14 de agosto. Convém já ir planejando. Será uma boa oportunidade de ir a campo, subir num caixote e se irritar com alguma instância do cotidiano, como a violência, a poluição ambiental, o urso panda e a dieta de baixas calorias. Quem tiver uma mesa, que dê um soco vigoroso no móvel. Impropérios de toda sorte estão liberados nesse dia, bem como cartazes com palavras de ordem e manifestações rancorosas diante de órgãos públicos.

Entre os protestos mais ilustres da história, temos o dia de jogar chá no mar — a Festa do Chá de Boston —, e o momento de atirar sapatos no presidente. Não podemos esquecer de Robert Opel que, em 1974, correu pelado no palco da cerimônia do

Oscar, e do neozelandês que abaixou as calças diante do príncipe Charles e da princesa Diana.

Os manifestantes mais simpáticos, porém, são belgas e promovem ataques de torta doce a celebridades como Bill Gates e Marguerite Duras. Costumam utilizar tortas de creme de ovo quando o alvo é móvel, tortas-merengue de limão para ataques bruscos e tortas de creme de tofu contra economistas. Igualmente dignos de nota são aqueles que se reuniram em torno do Pentágono, em 1967, e concentraram esforços para fazer o prédio levitar. Ou o grupo de cariocas que saiu às ruas com um penico na cabeça, no protesto "Chega de cocô". Uma simpatia especial é reservada à Frente de Libertação das Barbies, que substituiu os chips de voz de bonecos da série Comandos em Ação e de bonecas Barbie; as meninas compravam Barbies que diziam "A vingança é minha!" e os meninos ganhavam soldados que gritavam "Vamos planejar nosso lindo casamento!". (Mais sugestões edificantes podem ser encontradas na dissertação de mestrado de Érico Assis, *Táticas lúdico-midiáticas no ativismo político contemporâneo*, disponível na internet.)

Eu, particularmente, aprecio protestos em que ninguém sabe bem o que está fazendo. São as chamadas caminhadas em grupo. Nelas, alguém pode gritar, sem motivo: "Fora, lumbago! Saia já daqui", e ser estrondosamente seguido por uma multidão de militantes. Um rapaz com cinto de tachas já providenciaria o cartaz: "Fora, lumbago" e a procissão se dirigiria automaticamente a Brasília, com o propósito de pôr fim à bancada lobista pró-ciática. "E eu que só saí de casa para comprar broas", diria uma senhora, pega de surpresa pelo fluxo de caminhantes, mas já pronta a dar entrevista às redes de tevê.

Contudo, não há necessidade de ter ideias ou executar ações para protestar. É possível apenas falar, como fez o francês Lluis Colet por 124 horas seguidas, embora seu discurso tenha se perdido no caminho e desandado numa palestra sobre Salvador Dalí e a cultura catalã.

Outro exemplo que pode servir de inspiração é o púlpito de um programa de tevê que passa nas madrugadas de sábado, no qual Rubinho Barrichello já reclamou de ser míope e insone, uma atriz declarou que "aniversário que é aniversário tem que ter brigadeiro" e os adolescentes protestam contra a fila da cantina e o imperialismo americano. Num momento memorável, um rapaz chamado Vítor subiu à tribuna e esbravejou: "Eu protesto contra a cirurgia plástica porque eu operei o nariz e ainda sou narigudo". Em seguida, um outro cidadão decidiu protestar contra "quem ainda acha que pum não é cultura". Fica aí a sugestão.

Brasil Econômico, 20 de março de 2010

O popular exaltado

Ao contrário de nós, que afastamos discretamente um fio de cabelo do macarrão, e que não nos sentimos ofendidos quando um voo Rio-Curitiba tem que fazer escala em Ribeirão Preto devido a uma tramoia da companhia aérea; ao contrário de nós, que aguardamos com boa vontade a moça do guichê terminar de falar com a prima no celular, enfim, ao contrário de nós, existe o popular exaltado.

É ele que, com a mão no volante do carro, num congestionamento, xinga todos os membros do gabinete do prefeito, um a um (inclusive a tia do café). É ele que faz referência ao "bolso do contribuinte", que reclama do rodízio de carros e denuncia: "Disso a imprensa não fala!", apontando para a fila dupla na porta de uma escola.

É o popular exaltado quem invoca o Código de Defesa do Consumidor a respeito de qualquer coisa, que cita a Declaração Universal dos Direitos Humanos ao trocar uma centrífuga que não coa bem o bagaço. É aquele advogado careca que arenga para multidões na fila do banco e aproveita para se queixar das taxas de juros, da tarifa dos serviços, da necessidade de duas senhas e da matança de bebês panda na Mongólia.

O popular exaltado destaca-se pelo tom injuriado das reclamações, que têm pertinência, mas, em geral, descambam para a emissão violenta de perdigotos e impropérios a quem estiver pela frente e imediações, seja o funcionário recém-contratado, a estagiária sensível, o zelador gago, o rapaz do almoxarifado, o porteiro distraído.

Numa loja de celulares, ele pede para chamar o gerente. Ao gerente, pede para chamar o supervisor. Quando o funcionário mais graduado garante que não há mais ninguém acima dele, o popular exaltado fica transtornado, quase feliz, e, aos urros, indaga: "É com a presidenta Dilma que estou falando?".

Ao se perder na argumentação, apelando para vitupérios insolentes ou aproveitando para desfiar todas as suas mágoas, o popular exaltado é tratado como um reles Doido de Fila de Banco, ou então como o Querelante Convicto, ou mesmo como a Hiena Reclamona ("Ó vida, ó céus, ó azar!") — tipos populares também eles, mas de outra estirpe.

Popular exaltado legítimo foi aquele que, em abril do ano passado, apoquentado com as enchentes que mataram mais de duzentas pessoas no Rio de Janeiro, ficou preso no trânsito e foi entrevistado por um repórter da mídia independente (o vídeo está no YouTube). Ele começa atacando o "governador Sérgio Cabral, com aquela cara de tartaruga Touché, falando que o Rio é uma cidade maravilhosa".

Investe em cima do prefeito: "Isto aqui é um engodo, uma cidade governada por milícias, traficantes e vagabundos. Meu carro, com o IPVA em dia, está enchendo d'água, e cadê aquele f*&p% do Eduardo Paes?".

Volta-se contra o entrevistador: "E vocês, da imprensa, ficam lá tirando fotinho dele, 'Ai, Eduardo Paes, Choque de Ordem, tirou da rua o camelô, multou o carrinho que estava na calçada'. Agora, cadê a Guarda Municipal?".

E delira: "A gente paga imposto para sustentar Daniel Dantas e Eike Batista. F*&%-se se o Eike Batista está c*&#@&o uma piranha que cobra mil reais a hora. F*&%-se se a Nicole Bahls está d%@&o pro filho do Eike Batista. F*&%-se se a Britney Spears está grávida de um cavalo. Eu quero saber quem vai pagar o prejuízo do meu carro, tá?".

E vem a apoteose: "Essa coisa fascista de dizer que a gente mora numa cidade maravilhosa, essa aí é uma falácia criada por aquela bicha enrustida do Tom Jobim, prócer da ditadura que cantava assim: 'Ipanema é tão legal, o meu pai é general'. Então é isso aí: F*&%-se a bossa nova, f*&%-se o Sérgio Cabral tartaruga Touché e f*&%-se o Eduardo Paes".

E conclui o depoimento com um agradecimento ao repórter: "Olha, você me curou de um câncer agora".

Dá vontade de aplaudir.

O popular exaltado é uma versão loquaz e combatente do "Popular", personagem de Luis Fernando Verissimo que está sempre assistindo aos acontecimentos com um embrulho debaixo do braço, a camisa esporte clara para fora da calça, o ar de eterno espectador.

Só que o popular ortodoxo não se mete nos assuntos, não se manifesta, não se queixa, não expõe sua opinião, não acha nada de coisa nenhuma. Já o popular exaltado cospe, berra, xinga, faz discurso em cima de um caixote e se julga permanentemente ultrajado. Suas frases prediletas são "É um absurdo", "Não tem cabimento" e "Isso a televisão não mostra".

Quando em viagem, o popular exaltado se solta. No livro *Uma semana no aeroporto*, Alain de Botton descreveu um sujeito que dava murros no balcão e soltou um grito de desespero tão lancinante que se ouviu "lá longe, na loja da WH Smith, no final da ala oeste do terminal". Para o escritor, o uivo seria sinal de uma disposição esperançosa: "Temos raiva porque somos seres otimistas demais, pouquíssimo preparados para as endêmicas frustrações da existência. Um homem que berra toda vez que perde as chaves ou é barrado no avião demonstra uma tocante mas ingênua e imprudente fé em um mundo onde não se perdem chaves, nem malas, nem voos".

Em *Ética a Nicômaco*, Aristóteles defende o popular exaltado: "O que se irrita justificadamente nas situações em que se deve irritar, ou com as pessoas com as quais se deve irritar, e ainda da maneira como deve ser, quando deve ser e durante o tempo em que deve ser, é geralmente louvado".

O filósofo, no entanto, admite haver "excessos a respeito de todos os elementos circunstanciais envolvidos num acesso de ira (seja por se dirigir contra as pessoas indevidas, seja por motivos falsos, seja por exagero, ou por surgir rapidamente, ou por durar tempo demais)". Ainda assim, insiste: *Iram calcar ait esse virtutis* [A ira é o aguilhão da virtude].

Podem ser classificados, portanto, na categoria de populares exaltados e persistentes a costureira Rosa Parks, que se recusou a dar lugar no ônibus para um branco, Martin Luther King, Antígona, o rebelde desconhecido da Praça da Paz Celestial e os franceses (pois vivem reclamando de tudo, mas com lógica cartesiana).

Embora o popular exaltado possa ser visto com admiração em certos casos, não é o que pensa o filósofo romano Sêneca. No tratado *Da ira*, ele indaga: seria certo considerar saudável "aquele que, como que arrastado por uma tempestade, não caminha por si mesmo, mas é levado e feito escravo de um delírio furioso, não confiando a ninguém a sua vingança, mas executando-a ele próprio, com a alma e as mãos enfurecidas?".

Na dúvida, convém enviar uma carta à redação protestando contra a ausência de uma conclusão satisfatória neste artigo, e denunciando a agonia do jornalismo, o sofrimento de bebês panda e a derrocada generalizada de tudo e de todos.

piauí, abril de 2011

A marcha dos satisfeitos

(escrito em parceria com
Paulo Henrique Martins)

Desde junho o Brasil tem visto um incontável número de manifestações com as mais diversas justificativas e reivindicações. Tudo começou com os protestos contra o aumento da tarifa do transporte público, mas logo surgiram outras demandas como o fim da corrupção, a necessidade de reforma política, o repúdio à PEC 37, a desmilitarização da polícia e a democratização dos meios de comunicação, passando por questões petrolíferas, financeiras, educacionais e caninas. Nunca foi tão fácil ser um popular exaltado, aquele sujeito que cospe, xinga e faz discurso em cima do caixote, julgando-se permanentemente ultrajado.

Nos últimos meses, tivemos uma passeata pela volta dos militares, uma marcha da família contra o comunismo, uma tentativa de levitação do Palácio dos Bandeirantes e um ato contra a Copa de 1954.

Só nos faltou uma coisa, e é o que viemos aqui reivindicar: uma passeata que contemple a discreta (e sempre excluída) minoria satisfeita.

Não estamos nos referindo aqui aos latifundiários, aos banqueiros, aos donos de empresas de ônibus e aos que gastam 50 mil reais por noite numa balada, já que estes têm cada vez mais do que reclamar: o aumento do IPTU, a ameaça do metrô em Higienópolis, a popularização da rúcula com tomate seco, a revista *Veja* que passou a vir fora do plástico; tudo isso é fonte de estresse e incerteza para a fatia mais abonada da população, que vem perdendo seu lugar ao sol para os beneficiários do Bolsa Família.

Falamos daqueles cinco ou seis indivíduos que nunca têm do que reclamar, que estão sempre contentes com a vida em termos gerais e não se deixam abalar por congestionamentos, filas e vazamentos nucleares. Oriundos dos mais diversos estratos sociais, o que não parece fazer diferença, são sujeitos tranquilos e sempre sorridentes, absolutamente confortáveis com sua condição sobre a Terra. Eles não possuem porta-voz, não têm agenda de reivindicações e nem motivo para protestar. Por isso mesmo devem sair à rua, precisamente para dar amplidão à sua distinta voz, incompreendida e marginalizada pelos que estão sempre achando sarna para se coçar.

Isso não quer dizer que sejam alienados e reacionários; apenas não veem necessidade de se cansar com infinitas demandas e embates hostis. São estoicos e não botam a culpa em ninguém; acham graça em tudo o que veem e riem diante das dificuldades.

A marcha dos satisfeitos acontecerá numa tarde de sol, de chuva ou de terremoto (tanto faz) e até o momento conta com as presenças confirmadas do meu sobrinho de quatro anos, um programador de computadores, um carteiro, uma jovem francesinha, dois comerciantes sérios do Bom Retiro e três senhoras nipônicas plenas de serenidade existencial. (Taxistas e barbeiros estão intrinsecamente impossibilitados de participar.) Será uma marcha pacífica, amigável e unânime, repleta de cartazes com os dizeres: "Estamos satisfeitos", "Nada a reclamar", "Estou bem, e você?", entre outros.

Ninguém se queixará de fome, sede, joanete, vontade de fazer xixi. Alguns caminharão com as mãos nos bolsos, chutando pedrinhas e assobiando uma velha canção. Outros, mais combativos, repetirão bordões como: "Eu já falei, vou repetir/ Eu já falei, vou repetir".

Em vez de black blocs, a linha de frente será formada por uma célula de Hare Krishnas tocando *mrdanga* e dançando de sandálias, felizes da vida. Logo atrás, um grupo de monges franciscanos e de idosos europeus em excursão, seguidos por seus cachorros.

O trajeto da passeata não será previamente definido, mas para onde for está bom. Rumores darão conta de que o grupo pretende andar até Pouso Alegre ou Várzea Feliz. Eles caminharão pela calçada e apreciarão o belo trabalho efetuado em termos de manta asfáltica.

Contudo, o cansaço irá provocar baixas. Uma simples bolha no pé pode incomodar certo passante que, uma vez insatisfeito, será forçado pela própria consciência a ir embora. Braços cansados de erguer cartazes ameaçarão durante todo o trajeto a resistência física dos participantes, que não cederão sequer a um inconveniente fraquejar do bíceps. Não haverá queixumes constrangedores como o registrado numa manifestação recente, em que um militante exaurido pediu à linha de frente: "Ô, pessoal, vamos parar por aqui, fechar a rua num protesto sentado… [*Silêncio.*] Sério que vocês querem andar mais?".

Não haverá dissidências, discordância de pautas e nem líderes do movimento. A massa acatará com alegria toda sugestão de rota indicada pela polícia. Ao passarem diante de hospitais, todos farão silêncio e rezarão pelos enfermos.

Durante a passeata, aliás, ninguém será hostil com os transeuntes. Em vez de: "Quem não pula quer tarifa", a turba irá ponderar: "Quem não pula, tudo bem! E quem pula, bom também!".

Partidarismo não será um problema: a marcha contará com a presença apenas de partidos políticos totalmente satisfeitos, o que não deve existir na sociedade atual.

A grande imprensa irá registrar uma única ocorrência de discórdia: um sujeito que, convenhamos, começou a elogiar demais tudo o que estava aí, cruzando perigosamente a linha de quem possui uma reivindicação. Ele portava um cartaz com os dizeres: "Estou tão feliz que não me importaria se piorassem um pouco a situação econômica".

Sua postura causou celeuma imediata e convidaram-no a se retirar do ato, junto com os que reclamaram do cartaz.

A polícia estará presente, e terá seu trabalho efusivamente elogiado. Se houver repressão, será recebida com grande disposição de espírito. "Este gás lacrimogênio realmente limpou minhas vias aéreas", dirá um. "Mais pra esquerda", dirá outro, enquanto apanha com o cassetete nas costas. A manifestação se dispersará por caminhos que manterão todos satisfeitos, e terminará na hora em que acabar.

Numa época em que reclamar e odiar é algo tão popular, nossos bravos satisfeitos estarão por aí, verdadeiros heróis da sociedade. Serão criticados, chacoteados por humoristas e receberão títulos ofensivos, mas não se importarão. Ao contrário: ficarão lisonjeados.

No dia seguinte, o prefeito mencionará o ato em pronunciamento à tevê e afirmará enfaticamente que suas portas estão abertas para toda e qualquer crítica do grupo.

piauí, dezembro de 2013

Unidos do lacrimogêneo

Há quem critique as manifestações populares porque atrapalham o trânsito — sobretudo quando são realizadas em locais como a avenida Paulista, "uma das principais artérias da cidade, repleta de hospitais e centros de negócios", como se costuma dizer.

Para estes, os protestos deveriam se dar em um lugar delimitado e afastado do centro. As autoridades, alertadas com antecedência, marcariam a data num período à prova de importunação — domingo de manhã, quarta de madrugada ou no meio de um feriado prolongado.

A melhor ideia até agora veio da carioca Letícia Vargas de Oliveira Brito, que postou em seu blog (Livro da Lelê) as regras para uma passeata "organizada e bem limpinha" no Sambódromo.

Aqui vão algumas das propostas, com adendos de minha lavra.

Cada protesto terá 65 minutos para se apresentar. Os jurados avaliarão quesitos como: evolução, conjunto, harmonia e análise de conjuntura marxista.

Marcas de cerveja irão patrocinar o ato, que contará com a presença de celebridades globais nos camarotes VIP. Adereços como máscaras e óculos de natação serão obrigatórios, pois a cenografia vai demandar muito gás lacrimogêneo. Correntistas premium e portadores de cartões platinum terão 20% de desconto e prioridade na fila de entrada. Consumo de vinagre, só com moderação.

Servindo simultaneamente como abre-alas e saco de pancadas, a comissão de frente formada pelos black blocs será avaliada em quesitos como pirotecnia e vandalismo.

No início do desfile, o puxador de samba poderá gritar ao megafone: "Incendeia, black bloc", e não será metafórico.

Na sequência, o bloco do Passe Livre entrará na avenida com um busão alegórico representando o sucateamento dos transportes. Logo atrás virá a ala dos Anonymous, que será julgada (sem direito a habeas corpus) pelos adereços e harmonia.

O bloco dos partidos vai levantar a arquibancada com palavras de ordem e terá direito a 32 casais de mestre-sala e porta-bandeira. As alas dos professores, dos bancários e dos estudantes da USP darão prosseguimento ao espetáculo, acompanhados por uma equipe de apoio formada por advogados ativistas e o GAPP (Grupo de Apoio ao Protesto Popular).

O bloco dos coxinhas terá passistas de camisa branca cantando o Hino Nacional, e a ala dos P2 marcará presença plantando provas ao longo do Sambódromo.

O desfile será televisionado pela Globo, com narração de Cléber Machado e comentários de Lecy Brandão.

(A Mídia Ninja perdeu os direitos da transmissão e só poderá filmar do lado de fora.)

A ala do Choque ficará posicionada no recuo da bateria e promete terminar o desfile arrastando a multidão.

O enredo será: "De Cabral a Cabral, nada muda na Geral".

sãopaulo, Folha de S.Paulo, 27 de outubro de 2013

A nova geração saúde

A Secretaria de Esporte, Lazer e Juventude ainda não fez um pronunciamento oficial, mas a notícia não há de tardar: as manifestações são saudáveis para o povo e seus benefícios vão muito além do aspecto político, englobando as esferas do fitness e do bem-estar físico e espiritual.

Primeiro, incentivam o trekking, ou as caminhadas de fôlego — um protesto padrão que siga do Masp até a Secretaria da Educação, na praça da República, como o que ocorreu no último dia 21 de outubro, percorre ao todo 3,8 quilômetros. Meses atrás, uma passeata chegou a onze quilômetros, num caminho ziguezagueante que saiu do largo da Batata e chegou à avenida Paulista.

Alguns roteiros comuns são o trecho Anhangabaú-Palácio dos Bandeirantes (10,2 quilômetros) e Câmara Municipal-Delegacia de Pinheiros (6,9 quilômetros), o que de quebra dá ao manifestante o privilégio de fazer um tour a pé pela cidade, sem o inconveniente dos congestionamentos.

Como se não bastasse, os protestos são bons para soltar as articulações (literal ou metaforicamente), promovendo o alongamento da coluna enquanto o cidadão desvia de possíveis golpes de cassetete. Esse tipo de queimada revolucionária conta ainda com sprints (corridas de arrancada) que fortalecem os músculos e auxiliam no condicionamento cardiovascular.

Aos gritos de "Quem não pula quer tarifa", voluntários promovem uma aula grátis de *jump*. Outros preferem se dedicar ao chute livre de bombas de gás, a fim de tonificar o quadríceps, numa atividade que, de quebra, faz uma inteligente alusão à Copa do Mundo.

Certa vez, fugindo das bombas durante uma marcha (até então) pacífica, garanto ter ouvido um estalo praticamente quiroprático que há de ter curado um problema crônico em minha coluna lombar.

Os protestos de rua incentivam a prática de RPG, capoeira, ioga (quando os cidadãos se sentam no meio da rua e precisam entrar em nirvana para não recuar), pilates, artes acrobáticas, arremesso de peso, krav maga e treinamento da capacidade respiratória (gás lacrimogêneo, spray de pimenta, fumaça, pum de P2).

As manifestações entram na categoria de esporte coletivo, em que os mais fortes ajudam os mais fracos, enquanto um dos lados segue as ordens imprevisíveis dos donos da bola.

Com a chegada do verão, os manifestantes ainda terão outro benefício advindo da adesão às passeatas: o calor ajuda a abrir os poros, favorecendo tratamentos de pele (como o peeling promovido por nuvens de gás provenientes de cilindros vencidos) e promovendo um emagrecimento saudável e engajado.

Alguns médicos já pensam em prescrever uma dose de manifestações três vezes por semana, nos ritmos moderado a intenso (de acordo com a repressão).

Os donos de academias prometem fazer oposição.

sãopaulo, Folha de S.Paulo, 10 de novembro de 2013

Rafting na Pompeia

Este artigo dá prosseguimento a uma série sobre fitness nas grandes cidades, iniciada há duas semanas com um texto dedicado à ginástica das manifestações.

O verão está chegando e, com ele, a temporada de esportes aquáticos.

Como toda boa cidade turística, São Paulo oferece uma gama de opções para os amantes de práticas subaquáticas, como o snorkelling de enchentes e o mergulho livre com leptospirose. Cortada pelos rios Tietê e Pinheiros, que costumam transbordar nos períodos mais chuvosos, a cidade proporciona ao visitante o contato com espécies da fauna local, como a capivara, o jacaré, as garrafas PET e um ou outro cadáver.

Mesmo para os paulistanos mais sedentários, rafting pode ser uma prática cotidiana, com obstáculos realmente letais e corredeiras que desembocam em apavorantes bueiros quebrados.

Nas ladeiras mais íngremes de bairros como Perdizes e Pompeia, o morador é presenteado com generosas cachoeiras, embora o rapel ainda não seja um esporte tão popular.

Com tantas atrações e oportunidades à disposição, São Paulo deveria seguir o exemplo de cidades de aventura como Brotas e Queenstown, generalizando o acesso a equipamentos esportivos e profissionalizando a prática das atividades. Por meio da SP-Turis, a prefeitura poderia facilitar a compra de galochas, botas, trajes de neoprene, máscaras de mergulho, cilindro de oxigênio e — por que não? — pés de pato. Tais acessórios tornariam mais viável a vida na metrópole.

Tementes à lei que tornou compulsório o uso do cinto de segurança nos automóveis, todos os cidadãos seriam obrigados a sair de casa com coletes salva-vidas, sob pena de multa. Para ir ao trabalho, canoas e catamarãs comporiam a nova frota do transporte público, sendo que os mais egoístas sairiam do estacionamento do prédio com seus próprios jet skis. Nos fins de semana, veríamos jovens indo para a balada a bordo de festivos *banana boats*.

Além do inglês, as escolas ofereceriam aulas de natação, com ênfase em técnicas de *treading water* (manter-se parado com a cabeça fora da água, em posição vertical). E o ocasional alagamento do pátio no horário da educação física pode propiciar aos infantes a descoberta de novos esportes, como o polo aquático.

Jamais me esquecerei do carioca que, em 2010, remou pelas ruas e entrevistou motoristas parados na enchente, a bordo de um bote salva-vidas. E do gaúcho que, semana passada, foi fotografado fazendo *stand up paddle* em cima de uma prancha de surfe, durante um alagamento em Porto Alegre.

Mais uma vez, os donos de academia prometem reagir.

sãopaulo, Folha de S.Paulo, 24 de novembro de 2013

Cuidado comigo. Eu faço pilates

Sou entusiasta das reuniões de condomínio, esses congraçamentos buliçosos que ocorrem em edifícios e conjuntos residenciais, em geral marcados pela cizânia, pela falta de objetividade e pelas disputas de poder.

A assembleia de moradores é um microcosmo da sociedade, revelando muito da natureza humana quando em estreita convivência com seus pares — mais do que isso, pode ser vista como uma releitura, em pleno salão de festas, do clássico O senhor das moscas.

Há, por exemplo, a luta de classes entre "proprietário" e "inquilino", em que o último não tem direito a voto e é tratado como um turista inconsequente e sem comprometimento com os interesses do imóvel.

Existe o pequeno poder exercido pelo síndico e a arrogância do morador entendido de questões administrativas, jurídicas ou de segurança, que faz questão de ironizar as decisões tomadas pelo conselho deliberativo, mas não propõe nada de concreto no lugar.

As principais características das reuniões são quatro: o desinteresse, a falta de quórum, a obsessão pela troca de azulejos do hall e, claro, a postura presunçosa de classe média que foi tão bem retratada no filme pernambucano *O som ao redor*.

Na cena, os condôminos discutem a demissão por justa causa de um dos empregados mais antigos do prédio, que se tornou "o pior porteiro da região metropolitana do Recife".

Alguns dos argumentos a favor de dispensá-lo sem benefícios: "Eu tenho recebido a minha *Veja* fora do plástico" e "Aqui não é instituição de caridade".

A maioria faz de tudo para não comparecer às reuniões, consideradas perdas de tempo. Só aparece quem tem alguma demanda ou questão a resolver, ou quem pretende recorrer de uma multa.

Como, por exemplo, as universitárias penalizadas em seiscentos reais por facilitarem a "circulação de homens seminus pelo corredor". Aconteceu num prédio onde morei e onde havia uma perpétua batalha entre a nova e a velha guarda. O argumento das meninas: "... Mas era uma festa da toga!".

Ou o sujeito que queria usar a vaga de garagem para estacionar um cavalo, segundo o relato de um amigo que mora em Perdizes. "Como não aceitaram, ele tentou colocar um barco; como também não aceitaram, levantou, se disse perseguido por forças ocultas e nunca mais apareceu em reunião alguma."

Inúmeras assembleias terminam em pancadaria. Ao ser menosprezado por sua condição de locatário, um morador partiu para as vias de fato com o síndico. Como o prédio estava em obras, houve até perseguição com uma barra de ferro.

E o que dizer de uma senhora que, após empreender um discurso confuso, terminou com a ameaça: "Cuidado comigo. Eu faço pilates".

sãopaulo, Folha de S.Paulo, 13 de outubro de 2013

A queda do sistema

Pior do que ditadura militar, estado de sítio ou a descida do Anticristo na Terra, pior, enfim, que comprimido entalado na garganta, unha encravada e música do Ivan Lins no *repeat*, pior do que tudo na vida é o súbito anúncio: "Caiu o sistema".

Ainda que alimentemos a ilusão de ter algum controle sobre as circunstâncias da vida, não se pode evitar a queda do sistema. Ela é como a morte. Não há nada que a contenha, ninguém que lhe escape. A queda do sistema pode ocorrer numa fila de banco, numa sala de espera, no aconchego do lar, num hospital de ponta ou num delivery de comida mexicana. É tão inesperada quanto uma chuva de sapos e tão inexplicável quanto um besouro voando. Reza a lenda que os atendentes da lotérica já têm um cartaz de prontidão na fila exclusiva para carregar o Bilhete Único — ele anuncia, feito sentença: "Sem sistema".

A pane no sistema da SPTrans deve ser a segunda maior causa de moléstias depressivas na região metropolitana, perdendo apenas para a própria SPTrans, imbatível em sua vocação para tirar dos eixos o mais pacato dos munícipes.

Até um desejo prosaico como pedir pizza pelo telefone pode ser totalmente frustrado pela queda do sistema. E não venha argumentar que é só burlar o esquema anotando o pedido num bloquinho, ou mesmo gritar à cozinha e fazer as contas de cabeça, vai um, sobe dois, porque isso seria uma hipótese tão absurda que chega a ser indecente. Isso simplesmente vai contra o sistema. O sistema, seja ele qual for — uma tela de computador esverdeada, um pop-up de JavaScript —, é a autoridade suprema, e não há vida fora dele.

É nessas horas que se testa a integridade de um indivíduo. O homem perante a queda do sistema — eis o derradeiro teste de caráter. Há os que reagem ao imprevisto com fúria, urrando, socando as paredes, como quem acaba de encontrar uma imensa verruga peluda no nariz — sinal inequívoco do final dos tempos, de que não há motivos para continuar existindo.

Mas também há gente ponderada na Terra, gente sábia que entendeu que não somos nada nesta implacável engrenagem cósmica e que, portanto, com ou sem verruga peluda no nariz, nenhum surto de fúria irá reverter a triste verdade: o sistema parou de funcionar — e viva-se com isso.

Não vai dar para autenticar os documentos, marcar uma endoscopia, efetuar a transferência monetária que salvaria a vida de sua tia na Holanda, curtir o vídeo daquela lépida tartaruga no Facebook. Impossível colocar créditos no celular, encomendar maçãs carameladas, retirar os remédios gratuitos para hipertensão que você teria que tomar hoje, do contrário morrerá amanhã. (A morte iminente é um dos efeitos colaterais da total subserviência ao sistema.) Sinto muito, senhor. É o sistema — e não há previsão.

Nas repartições públicas, a queda fatal do sistema pode antecipar o recesso de fim de semana e trazer muitas alegrias ao homem simples, devotado à máquina estatal. Em horário de expediente, a derrocada da rede (também chamada de "pau no servidor") é uma ótima desculpa para ceder àquela necessidade imperiosa de lixar as unhas, ler o último catálogo da Avon e papear ao telefone, enquanto a fila vai se multiplicando. A prática é tão difundida que existe um protocolo específico para anunciar ao público o apagão da rede. O funcionário deve executá-lo com certo ar enlutado, convocando todos à resignação, como convém a um legítimo barnabé — afinal, é o sistema.

Na iniciativa privada, a coisa não muda muito: se não há rede, não há com o que trabalhar, e o senhor não queira sequer insinuar que devemos desencavar uns formulários pautados do almoxarifado e preencher planilhas com caneta preta e papel-carbono, pois muitos de nós têm as falanges atrofiadas e o Meirelles da contabilidade nem sabe o que é escrever à mão.

A queda do sistema está para os burocratas assim como o "mau humor do mercado" está para os economistas e a virose para os médicos: ela justifica tudo sem nada explicar. A queda do sistema é a filosofia insuperável da nossa época.

À guisa de desculpa, se alguém ainda perguntar, pode-se alegar que "o rapaz da informática" já foi acionado e está a caminho. Às vezes, nem isso: a funcionária do guichê bota a plaquinha no vidro e solta um suspiro entediado quando alguém pede detalhes sobre a normalização dos serviços. É preciso aguardar a volta do sistema, e uma hora ele há de voltar. Oremos.

Outros funcionários ensaiam uma desculpa absolutamente aleatória: "É o horário", "a chuva", "a manutenção nos servidores", "o efeito estufa", "a conjunção astral", "os campos magnéticos". Reiniciar as máquinas ou dar um chute na mesa também pode restabelecer o respeito geral — no mínimo, dá a impressão de que algo está sendo feito.

Curioso é que, tempos atrás, lutava-se contra o sistema, e agora a torcida é para que ele jamais caia.

Poucos sabem que ele é pensado para sofrer *tilts* com certa regularidade, em maior ou menor escala, e para ruir por completo sem razões plausíveis — do contrário não seria tão respeitado. Nem tampouco sistêmico. Karl Marx já explicou, em seu *Manifesto comunista*, que o sistema contém em si o germe da destruição do próprio sistema; em algum lugar, em meio a uma porção de códigos binários e comandos incompreensíveis em linguagem PHP, há sempre uma determinada linha que põe tudo a perder.

<?php if(random):?> { CRASH

Não se brinca com o sistema.

piauí, abril de 2012

Xixi na rua

Neste Carnaval, a Secretaria Especial da Ordem Pública do Rio de Janeiro decidiu aumentar o cerco contra o xixi de rua. Dezenas de foliões foram detidos no ato de urinar em logradouros da cidade, antes ou depois da passagem dos blocos. Segundo as autoridades, o fenômeno da micção descarada é comum em grandes eventos, gerando para os cofres públicos um prejuízo de 280 mil litros em solução de eucalipto. O incontinente infrator é fichado por ato obsceno e atentado ao pudor, com uma pena que pode chegar a doze meses de prisão ou multa.

Porém, ao que tudo indica, as organizações ambientais discordam dos homens da lei: "Quem não faz nada pelo meio ambiente pode fazer xixi no banho", postulou a Fundação SOS Mata Atlântica, numa campanha recente que também louvou o xixi na árvore e o xixi na chuva. Para os ambientalistas, urinar debaixo do chuveiro é deixar de acionar a descarga e poupar de oito a doze litros de água por dia. O mesmo aconteceria nas modalidades "na árvore", "no mato" e "na chuva", que sairiam de graça no acirrado acerto de contas da ecologia interplanetária — as primeiras ainda teriam a vantagem de adubar os vegetais. (É verdade que a campanha também recomenda lavar a salada e as roupas íntimas no chuveiro, mas enfim.) O fato é que o tradicional alívio na privada perde apenas para o pipi na piscina no quesito desperdício de água.

Isto posto, vem a dúvida: seria o xixi de rua ambientalmente aceitável ou, além de repugnante, uma falta de educação passível de indiciamento? Muitos se posicionaram contra a liberação diurética não convencional, enquanto outros saíram urinando à larga e passaram a Quarta-feira de Cinzas na companhia de Salvatore Cacciola e de um arlequim triste no presídio de Bangu. Na esperança de enriquecer o debate e ajudar o leitor a decidir seu posicionamento, elencamos aqui algumas das mais importantes estatísticas sobre o xixi na vida moderna, que se seguem.

Primeiro, aos desavisados: comer aspargos pode deixar o xixi com cheiro ruim. Isso ocorre porque algumas das substâncias da leguminosa contêm enxofre, que é metabolizado e provoca um aroma desagradável na urina de 40% da população mundial. Em *No caminho de Swann*, Marcel Proust trata dessa questão e, laudatório, declara que o bom aspargo "transforma meu penico num frasco de perfume". Outro grande achado científico é que os peixes urinam. Abelhas também. E que repolhos adubados com xixi humano crescem mais frondosos.

De acordo com estudos, xixi verde acusa presença de azul de metileno no organismo; xixi laranja é sinal de muita cenoura e abóbora. Xixi rosado pode ser ingestão exagerada de beterraba e, se o seu xixi fica fosforescente ao sol, procure um médico — porque isso é muito esquisito.

Ao descer do módulo lunar, o astronauta Edwin Aldrin exclamou: "É lindo e desolador", e imediatamente ficou com vontade de tirar água do joelho. Foi o que fez, aos olhos de todo o universo, dentro de um traje reforçado com 21 camadas de diferentes materiais. Foi um grande passo para a humanidade, já que o último astronauta a esvaziar a bexiga em órbita, Alan Sheppard, não deu tanta sorte no sentido mais clássico da impermeabilização indumentária: teve de suportar uma poça amarela que lhe subiu pelas costas e alojou-se na área do pescoço.

Fosse um folião, ainda seria preso ao som de "Chiquita bacana, lá da Martinica" e acabaria em Bangu.

Brasil Econômico, 20 de fevereiro de 2010

Rúcula ou agrião?

"Há povos com travesseiro e povos sem travesseiro", teorizou o antropólogo Marcel Mauss, em 1934. "Há populações que se comprimem em roda para dormir, em volta de um fogo, ou mesmo sem fogo. Há povos de esteira e povos sem esteira. Há, enfim, o sono em pé", completou, em sua ânsia científica de categorizar os tipos humanos.

Podemos ir além e dividir o mundo entre aqueles que usam tesourinha de unha e os que preferem o Trim. Uns seriam mais habilidosos com a mão esquerda e os outros, mais detalhistas. Podemos também repartir a humanidade entre os que gostam de botar o feijão em cima do arroz, em oposição aos que separam metodicamente os alimentos ou usam a fava como substrato. Hoje em dia, é essencial optar entre ninja ou samurai, entre fio ou fita dental, entre PC ou Macintosh, entre gato ou cachorro, porco ou chouriço. É possível aglutinar os elementos em subgrupos: o usuário de Mac é predominantemente ninja, gosta de gatos e usa fita dental. Há uma clara propensão ao chouriço.

Não falamos aqui de opções corriqueiras e sem importância, como aderir ao gongorismo, abraçar a mitologia hindu ou defender a revolução armada. Neste caso, trata-se da maior das questões, do manifesto definitivo que marca o posicionamento de cada um neste planeta: o que você prefere, rúcula ou agrião?

Alguns dados para facilitar essa decisão quase metafísica: a rúcula, também chamada de mostarda-persa, popularizou-se a partir dos anos 1990. Antes disso, era uma planta selvagem, ignorada nos campos da culinária e da botânica. Hoje é utilizada em refeições devido ao seu gosto forte e amargo, capaz de anular o sabor dos outros alimentos. Trata-se, portanto, de uma usurpadora de paladares.

Já o agrião é popular desde a Idade Média, quando era utilizado como emplasto para combater o escorbuto. Possui alto índice de vitaminas, ferro, ácido fólico, potássio, cálcio, fósforo, iodo e betacaroteno, além de supostas propriedades anticancerígenas. Dizem que também serve para curar verrugas. Por que, então, a rúcula reina soberana em nossas saladas?

O agrião é proletariado, é perseverança, é a gente simples da nossa terra. E disso muitos têm vergonha. Não percebem que o bom acólito da causa agriã está fazendo uma profissão de fé, uma opção clara e simples, como quem diz: "Sou a favor de bebês em geral. E de filhotes de tartaruga". Até hoje, o discípulo pró-agrião não se conforma com a supremacia da rúcula, consolidada nas últimas décadas. De um dia para o outro, surgiram certas folhas mais amargas em meio ao tradicional agrião-alface-e-pepino. Depois veio o tomate seco, a mozarela de búfala e os *croûtons*. Em poucos anos, a rúcula sufocou por completo os caules do agrião, esta valorosa verdura, que praticamente sumiu do mapa. (Só no futebol é que se continua a dizer "zona do agrião", em referência à pequena área.) Fora os locutores esportivos, ninguém mais tem a coragem de advogar em favor do *Nasturtium officinale*.

A rúcula é burguesa e petulante. Quem a aprecia fatalmente se posiciona do lado errado da luta de classes, mesmo sem a intenção consciente de esmagar o campesinato. O pró-rúcula escolhe Higienópolis em vez de Santa Cecília, táxi em vez de metrô, caipirinha de lichia em vez de groselha Milani. É adepto de alguma corrente *new age* e saboreia seus vegetais folhosos com molho italiano. A rúcula, afinal, não tem caule significativo e nem sombra de personalidade. Ela anda de salto alto, frequenta os bares da Vila Madalena, dá escândalo em fila de banco. Apoiá-la é aplaudir a mais-valia e a exploração dos fracos — a rúcula faz as unhas, enquanto o agrião as rói.

Vamos dar uma chance ao agrião e reverter essa iniquidade histórica.

Brasil Econômico, 17 de abril de 2010

Latifúndios improdutivos

Em 28 de novembro de 2009, o Movimento dos Trabalhadores Rurais Sem-Terra (MST) invadiu o reality show *A Fazenda*, dando prosseguimento à sua política de ocupação de latifúndios improdutivos. Assim que chegaram, com transmissão ao vivo e em rede nacional, os militantes fizeram um pronunciamento à imprensa: "Não descansaremos enquanto uma real alternativa de mudança não for forjada, sem ilusões e nem conciliação de classe. Somaremos ação e pensamento na construção de um país justo, soberano, democrático e socialista. Contra o neoliberalismo e o agronegócio". O apresentador Britto Jr. aprovou a estratégia de jogo dos novos participantes: "Mandaram bem, né?".

Na revolução televisionada, a primeira providência foi convocar uma assembleia para definir como se daria a divisão dos lotes e o esquema de alimentação, trabalho e segurança no assentamento. Para a coordenadora do núcleo de base Rosa Luxemburgo, seria preciso organizar primeiro o setor da produção de hortaliças, instituindo uma meta de 140 talos por semana para garantir a autossustentação da unidade. Insatisfeita, a celebridade Cacau Melo pediu a palavra: "O Xuxa não quer ajudar com a louça", dedurou, saindo imediatamente para brincar com Engels, o novo cão da fazenda. Uma subcomissão diplomática foi enviada para resolver a contenda.

Discutidas as prioridades do assentamento, Britto Jr. convidou a todos para um desafio de formação política, em que se avaliou a familiaridade dos peões com as formulações teóricas do marxismo clássico. Houve um desentendimento entre MC Leozinho e o militante Zé Rufino no que tange à questão agrária segundo Plekhanov, Kautski e Lênin, discussão que acabou em troca de obscenidades e beliscões. Após a prova, Sheila Mello foi escolhida para a eliminação. "Me confundi quando me perguntaram sobre a tese ortodoxa da inviabilidade da pequena propriedade camponesa. Achei que ele estava falando de outra coisa", explicou a ex-loira do Tchan. Seus colegas tentaram consolá-la, mas a dançarina não conseguiu conter as lágrimas. "Vou ser expulsa das frentes de trabalho!", exclamou, de biquíni, diante das câmeras.

Os dias que se seguiram foram de muita faina na lavoura, cuidados com os galináceos e bronzeamento compulsório. O fazendeiro da semana, Maurício Manieri, foi duramente deposto por setores do campesinato que elegeram um Conselho Deliberativo, responsável pela fiscalização das atividades contábeis, administrativas, financeiras e produtivas do acampamento. Aos poucos, o plantio de hortaliças começou a dar resultados. Houve, porém, um incidente grave: a celebridade Adriana Bombom confundiu agrião com rúcula e acabou arruinando uma colheita de dez hectares. "É tudo planta, né?", justificou-se, e foi imediatamente eliminada do programa. Entre os restantes, instaurou-se a dúvida de que o movimento estaria se tornando stalinista.

À noite, organizaram-se festivos cursos de formação político-ideológica, enlevados pelo espetacular aumento de 40% na colheita. A *Fazenda*, agora, possuía um setor de autossustentação, ao qual se vinculavam a horta, a produção de leite e o cultivo de produtos destinados ao consumo próprio. Além disso, a piscina foi transformada em caixa d'água e as celebridades foram proibidas de passar protetor solar nas costas dos companheiros de luta. A prova final acontecerá após uma experiência agrária quinquenal, quando os espectadores saberão quem é o mais hábil no manejo da terra. O vencedor ganhará um lote na fazenda de Fernando Henrique Cardoso.

Brasil Econômico, 28 de novembro de 2009

Promessas de Ano-Novo

Em 1º de janeiro, às sete horas da manhã, 10 mil senhores de meia-idade de shorts *dry-fit* e meias de cano alto ocuparam as pistas de caminhada do parque do Ibirapuera, em São Paulo. Não constituíam nenhuma manifestação e nem comemoravam o Dia da Paz Universal, embora alguns tenham se agrupado espontaneamente para puxar um bom alongamento de panturrilha — ao que tudo indica, aproveitavam a ocasião para fazer novos amigos. Foi ali que tudo começou: nas semanas que se seguiram, por toda parte, cidadãos bem-intencionados lograram êxito em cumprir suas promessas de Ano-Novo, outrora relegadas ao descaso e atribuídas exclusivamente à ingestão descontrolada de sidra. Assim, 200 milhões de brasileiros passaram a caminhar todos os dias, regular o intestino com iogurte, juntar dinheiro para o futuro e mascar chicletes de nicotina, causando a falência imediata das redes de frango frito e de hambúrguer de minhoca. A exceção foram os botecos que, antenados com os novos tempos, converteram-se em academias de ginástica e passaram a servir só suco de banana.

A indústria do tabaco persistiu por uns quinze dias, mas acabou sucumbindo à coqueluche da vida saudável e anunciou a bancarrota, antecipando seus propósitos de investir pesadamente em charutos de uva. Propósitos, aliás, firmados pelo próprio dr. Philip Morris durante a ceia de réveillon. Outro império que se extinguiu foi o dos programas inúteis de tevê, que não se adequavam às novas metas de otimização do tempo livre em atividades edificantes, ao passo que, no mesmo período, as editoras de autores russos e filósofos prosperaram quase 300% em relação ao ano anterior. Também por esse motivo, os três únicos tradutores de literatura húngara do país enriqueceram da noite para o dia — embora a prerrogativa não fosse durar muito tempo, pois dezenas de estudantes tomaram como resolução de fim de ano aprender o velho idioma urálico. As lojas de conveniência 24 horas sumiram do mapa, já que toda a população passou a dormir cedo, lá pelas nove da noite, depois de ler em família umas duas ou três passagens boas de Parmênides e amar intensamente os parentes próximos.

Em fevereiro, começaram os problemas. As pessoas que decidiram passar menos tempo na internet colidiram de frente com as que queriam arrumar uma namorada pelo MSN, inviabilizando sonhos e anulando a possibilidade de sucesso de ambas as partes. Os maridos que se comprometeram a passar mais tempo com as esposas não contavam com a promessa das contrapartes de se dedicarem mais ao trabalho voluntário. Os que se demitiram de empregos insuportáveis se depararam com pedidos de desculpas dos ex-chefes, estes determinados a serem pessoas melhores e fazerem as pazes com os velhos inimigos. Diante da frustração de terem abandonado um trabalho que se tornara agora mais agradável, passaram a frequentar cursos de controle da raiva, o que não adiantou coisíssima nenhuma porque suas vagas já haviam sido tomadas por gente que, na virada, decidira arrumar um emprego sem falta no ano que vem.

Os primeiros a abandonar seus votos foram os caçulas em geral, diante de uma mãe determinada a emagrecer e um pai que havia prometido levar a esposa com mais frequência para jantar. Ficaram confusos e, na dúvida, voltaram a maltratar o cachorro. Depois seguiram-se os funcionários públicos, os jogadores de sinuca, as socialites, e, quando José Sarney anunciou que desistiria de escrever, tudo desmoronou.

Antes mesmo de chegar o Carnaval, o dr. Philip Morris abandonou o negócio dos charutos de uva e comemorou a volta da gloriosa indústria dos cigarros, brindando com um chorumento porco-pizza e um porre de sidra, das mais baratas.

Brasil Econômico, 9 de janeiro de 2010

Animais domésticos

Quando decidi comprar duas tartarugas de água doce, Jacinto e Napoleão, de cinco centímetros de diâmetro, não sabia que voltaria para casa com um termostato submersível de cinquenta watts, uma bomba de água com vazão de 280 litros, um reptofiltro, uma lâmpada fluorescente de raios UV e um suntuoso aquaterrário com cascata, que é uma espécie de Caribe dos animais dulcícolas. Levei também um suplemento vitamínico que libera cálcio e vitamina B1, impedindo o amolecimento dos cascos, mas dispensei a pedra aquecida, o nebulizador de ambientes, o substrato de coco verde e um tronco flutuante de 150 reais onde os animais poderiam se divertir nas tardes mais enfadonhas. Naturalmente, a água tem que ser potável. A ração possui alta digestibilidade e vem enriquecida com sete vitaminas e ferro.

Ainda assim, Napoleão come cocô.

Na minha época, as tartarugas ficavam boiando em bacias cheias de água turva da torneira, e assim estava bom. Comiam carne crua, passeavam pelo quintal quando havia sol e não recebiam nenhum nome definido. Hoje elas vêm com certificado de origem, um chip de identificação e um registro do Ibama. É preciso assinar um termo de responsabilidade em que o dono se compromete a criá-las, estando sujeito a ação penal e à legislação que trata de crimes ambientais. As minhas têm marcação individual e foram batizadas de Jacinto e Napoleão, como já disse, a despeito de serem fêmeas e de não atenderem quando são chamadas. (Nota explicativa: o nome "Napoleão" é uma homenagem ao gramático Napoleão Mendes de Almeida, autor do *Dicionário de questões vernáculas*, e não ao imperador). Ambas têm dois meses de vida, pertencem à fauna silvestre brasileira e são da espécie *Trachemys dorbignyi*, popularmente conhecidas como tigres-d'água — devido à ferocidade, imagino.

Os quelônios passam o dia inteiro tomando sol, comendo e dormindo. Mesmo assim, há horas em que me preocupo com a respiração ofegante da menorzinha e saio a pesquisar sobre pneumonias, avitaminoses, gastroenterites e prolapsos. A certa altura, me julguei incapaz de criá-las. Seria preciso ter doutorado em biologia e ganhar o primeiro milhão antes dos trinta anos, pensei. Considerei a possibilidade de trocar Jacinto e Napoleão por um cacto, ou quem sabe uma pedra-pomes, mas acabei desistindo ao descobrir a complexidade da composição da terra, drenagem e temperatura adequadas aos cactáceos. Isso acabou me intimidando também quanto à pedra-pomes.

A verdade é que a vida era mais tranquila sem esses curiosos animais. Por exemplo: agora é preciso convocar alguém para alimentá-las quando passo uns dias fora de casa. Cheguei a deixar telefones de emergência com o encarregado, caso uma das tartarugas tenha problemas ou precise de alguém que saiba cantar "Brilha, brilha, estrelinha" para embalar-lhe o sono. Em suma, não sei dizer de quem foi a ideia de adotar Jacinto e Napoleão, mas penso no assunto toda quarta-feira, ao trocar a água do aquário, escovar as pedrinhas, carregar baldes de meleca e demais atividades fedorentas.

Agora, enquanto escrevo, Jacinto mastiga a própria pata. Napoleão se esconde debaixo de uma planta, de onde desponta só o pescoço — uma verdadeira tartaruga-folha. Comem cocô, é verdade, mas me proporcionam espetáculos diários de saltos ornamentais, mergulho livre, técnicas de camuflagem e divergência entre irmãs. Orgulhosas, não tentam ser afáveis com ninguém, sobretudo se esse alguém for verde e estiver em seu caminho rumo à ração flutuante. São confusas, violentas e muito, muito pequenas.

Não sei de quem foi a ideia de adotar Jacinto e Napoleão, o fato é que aqui em casa ninguém mais assiste à televisão.

Brasil Econômico, 23 de janeiro de 2010

Cartão de Ano-Novo

Para as tartarugas Napoleão e Jacinto,

Quando 2010 começou, vocês eram do tamanho de uma moedinha. Chegaram assustadas, com as cabeças encolhidas pra dentro do casco, e dormiam o dia inteiro. Achei que o ano seria assim, tartaruguento.

Mas logo vocês foram tirando os narizes pra fora e conheceram o sol, o sashimi, a água morna e a gula sem limites. Aprenderam a comer cocô. Começaram a crescer, a bocejar acintosamente e a passear pela casa.

No ano de 2010, Jacinto passou três semanas sem comer, descobriu a dor de barriga e ficou gripado. Napoleão virou de ponta-cabeça, entalou debaixo da geladeira e tentou comer as plantas de plástico.

Ambas fizeram contatos imediatos com um sabiá, um mosquito e a tartaruga Moisés. Foram apresentadas à pitanga, à formiga, ao filé de pescada e à banana, além de experimentarem o dedo das visitas.

Um ano depois, vocês estão mais parecidas com calotas de Fusca. Sabem derrubar o termostato para chamar a atenção e protegem os olhos com a pata quando alguém acende a luz.

Em 2010, Jacinto descobriu que era fêmea. Napoleão, o contrário.

Assim sendo, gostaria de desejar um 2011 mais tranquilo para os meus quelônios.

sãopaulo, Folha de S.Paulo, 19 de dezembro de 2010

Em *Roma*, como os romanos

Aqui em casa, somos patologicamente suscetíveis a séries de tevê. Os efeitos se mostram mais impactantes quanto mais distante está o seriado da nossa vida real — na época de *Família Soprano*, por exemplo, não demoramos mais que quinze minutos para aderir à máfia.

Durante meses, tomamos Nescau batido na padaria enquanto discutíamos quem ia virar *capo* e quem ia virar presunto. Nunca foi tão descolado sair à porta de casa em pantufas para apanhar o jornal. Aliás, o episódio em que Bobby Bacala compra um trenzinho de brinquedo nos fez chorar aos soluços, tanto que foi preciso intercalar com um trecho de *Barney e Seus Amigos*, a título de calmante.

Recentemente, passamos a andar de capuz só por causa de outra série, *The Wire*, excelente drama policial que enfoca o tráfico de drogas num subúrbio de Baltimore. Agora, ao avistar um homem da lei dobrando a esquina, gritamos "Five-O!", que é a gíria usada para se referir aos policiais (em homenagem a *Havaí*

5.0). Montar escutas telefônicas também não nos oferece mais nenhum mistério.

The Wire, aliás, tem o melhor final de série de todos os tempos. O caneco de melhor início vai para *Lost*, embora o episódio de abertura da sexta temporada de *House* nos tenha reduzido às lágrimas. A comoção doméstica foi ouvida até pelo porteiro do prédio vizinho.

Monk nos fez andar na rua encostando o dedo nos postes. Após nove temporadas de *Arquivo X*, suspeitamos de uma conspiração em plena reunião de condomínio. *Millenium* foi a opção dos dias mais tristes, só porque era uma história trágica e nos dava a sensação de que "havia gente em situação bem pior". Em nossa fase *24 Horas*, só se entrava na cozinha com um chute na porta, na ânsia de torturar os melhores *donuts*.

O efeito nem sempre é coerente com os propósitos da série: *Columbo* nos fez sentir muito espertos, ainda que amassados, confusos e meio vesgos. *Twin Peaks* nos deixou mais esquisitos. *Em Terapia* provocou silêncios amuados, angustiados, confusos. *Top Chef* deu alguma utilidade à cozinha, recinto menos prestigiado da casa.

Quero só ver quando começarmos *A Sete Palmos*.

Folha de S.Paulo, 20 de junho de 2010

Morando junto

A grande desvantagem da coabitação romântica em caráter permanente tem a ver com o comprimento médio das unhas dos pés dos envolvidos: quando seu amor vive na mesma casa que você, poucas são as chances de manter o asseio ungueal com a mesma excelência e desenvoltura — a não ser que você volte mais cedo do trabalho ou se tranque no banheiro com a tesourinha, num contorcionismo constrangedor.

O mesmo ocorre com outras necessidades excretoras da biologia humana, sobretudo as regulares como a caca de nariz e a tosse com pigarro.

Trata-se do teorema da antiprivacidade cinética — não se pode ter micose em paz quando é preciso habitar com outrem em regime de intimidade total. Não dá para desenvolver costumes ridículos em sua própria sala, como praticar o bambolê e andar de cuecas ostensivamente, falando sozinho, a menos que o relacionamento já tenha passado dos dez anos.

Morando com o ente querido não há para onde correr em

caso de discussão séria, piada ruim ou azedume. Você pode descobrir, numa manhã chuvosa de terça-feira, que o seu eleito mexe o copo de Nescau com um vigor irritante e solta um ronquinho pelo nariz quando ri. Isso pode ser bom ou completamente desastroso.

Há casos de separação motivados por um trocadilho infeliz, que foi evoluindo para reclamações sobre a tampa da privada, a toalha úmida na cama e, por fim, o tufo de cabelos fossilizado no sabonete. Mesmo o relacionamento mais estável pode desmoronar quando ninguém se digna a trocar as lâmpadas ou a passar o domingo reforçando o reboque — literalmente.

Mas há vantagens de morar junto com um consorte: a primeira delas é não ter que voltar pra casa. A segunda se relaciona à mão de obra para abrir potes de conserva (embora o porteiro também possa servir) e pés quentinhos para as noites de inverno (deixe o porteiro fora disso).

Ter companhia para lanches da madrugada, cochilos vespertinos e um chinelo maior com que matar baratas também é vantajoso, mas convém escolher um pretendente complementar em prendas domésticas: por exemplo, alguém que goste de cozinhar se você prefere lavar a louça, alguém que empreenda uma massagem enquanto você costura, ou alguém que simplesmente saiba fazer algo útil, como um eletricista, encanador, carpinteiro ou dedetizador.

A despeito das dificuldades, nada melhor do que chegar em casa e encontrar a luz acesa, uma cebola queimando no fogão e alguém muito querido trancado no banheiro cortando as unhas do dedão.

Folha de S.Paulo, 12 de junho de 2012

Um beijo para os meus familiares

Espremer-se com um grupo de amigos a fim de caber no enquadramento e sorrir para a máquina fotográfica está entre as práticas mais degradantes do ser humano. Não há páreo para as pochetes, o telemarketing, as excursões a Porto Seguro, a podologia com ênfase em micoses, o vestido balonê.

Pior que isso, só os agrupamentos formados em torno de um repórter e uma câmera de tevê, em geral na avenida Paulista. É quando o indivíduo perde de vez a noção do ridículo, decidindo espontaneamente que vai fazer "poropopó" vestido de esquilo durante uma passeata em comemoração ao Dia Mundial da Vergonha Alheia.

"O repórter Fulano de Tal está com a colônia alemã em Blumenau, é com você, Fulano", anuncia o apresentador no intervalo de uma partida da Copa, e corta para um correspondente tentando encaixar o ponto na orelha.

Em questão de segundos, ele dá a deixa para a galera (entre eles, o homem vestido de esquilo), e o que era até então um bate-papo entre cinco senhores pacatos vira uma balbúrdia concentrada diante da tela. Ao que tudo indica, é o momento mais empolgante da vida daqueles alemães — todos tocando fole e com vestes típicas.

É ainda mais triste quando o evento só existe em função das emissoras ali presentes. Alguns câmeras de tevê costumam liderar marchas de protesto e dirigem as massas, solicitando que parem, voltem, façam tudo de novo. "Estamos ao vivo", ele informa, e os populares fazem a festa, com os "urrús" de praxe. "Corta", ele diz, e todo mundo vai pra casa cuidar de seus afazeres.

Os closes na gente simples do povo, no popular exaltado e na viúva inconsolável deviam ser proibidos por lei. A gracinha final da repórter de tailleur afetando intimidade com o entrevistado podia muito bem dar cadeia, sem direito a sol no pátio.

Gente que acena para as câmeras, olhando de esguelha para ver se a gravação já acabou: três meses de trabalhos forçados. Dançarinas sorrindo e rebolando com vistas a se destacar das demais: Sibéria nelas. Populares indignados querendo aparecer: extração dentária com chave de grifo.

Quanto aos repórteres, a única punição suficientemente rigorosa é o voto de silêncio.

Folha de S.Paulo, 25 de julho de 2010

A vida dos outros

O Cidão só fala bobagem.

Ele é venenoso, futriqueiro e, segundo uma mulher de óculos, tem o pé grande. Não conheço o Cidão, mas é como se conhecesse: só se falou nisso na mesa ao meu lado, no restaurante Piselli. Em meio à decoração de latas de ervilha e garçons que se espremem para passar entre as cadeiras, a clientela vai ficando mais barulhenta em razão direta ao esvaziamento da adega.

Na mesa maior, ninguém segura a maledicência contra o Cidão. Até a senhora sentada com o marido atrás de mim já sabe que o supracitado usa camiseta regata, promove "churrascos poéticos" e arrumou encrenca com um delegado, numa história longa e sem sentido que foi interrompida pela chegada da conta.

Em restaurantes com mesas muito próximas, os homens são os que falam mais alto, sobretudo se estiverem tentando impressionar alguém na outra ponta do recinto. No Piselli, sexta à noite, é normal haver um burburinho geral e indistinto, mas também é possível escutar intimidades, conselhos, bravatas, frases sem sentido ("ele abriu uma cratera na minha cabeça") e impressões aleatórias sobre qualquer tópico do conhecimento humano. A menção a Nova York foi ouvida seis vezes, contra duas ocorrências da palavra "ético" e uma de "calefação".

Um jovem casal passou uns bons dez minutos se arrependendo da sobremesa escolhida, antes mesmo que ela chegasse.

Do outro lado do salão, um rapaz com bronzeado cor de laranja exclamou: "Não tem salsicha aqui nesta merda!", no contexto de uma narrativa prolixa que se desenrolava havia cerca de quinze minutos.

Além do entretenimento involuntário e da variedade de opiniões sobre assuntos de interesse geral, a vantagem das mesas coladas é que se pode julgar impiedosamente os vizinhos. A poucos palmos de distância, é absolutamente razoável rotular uma mulher de megera e um homem de moleirão, num relacionamento que, a julgar pela conversa, vai durar no máximo até domingo. Ao meu lado, havia um desses casais: ela monopolizava a conversa e falava com a boca cheia.

Quando ele manifestou opinião própria sobre um assunto, ela discordou com um seco "não" e ele reconsiderou: "É, pode ser". A mulher prosseguiu, triunfante: "Querer, eu não quero. Mas não significa que eu desquero". São momentos como esse que me fazem gostar de música ao vivo.

Folha de S.Paulo, 4 de fevereiro de 2010

Papai Noel armênio e egípcio de quipá

Quando eu tinha três anos, nos idos de 1985, o Papai Noel da família se chamava Adur Kiulhtzian — um descendente de gregos e armênios que posteriormente virou tenor de projeção internacional, mas que até então era só um amigo de infância dos meus tios. Todos os anos, Adur arrastava um saco de presentes pelo quintal da casa dos meus avós, no Bom Retiro, enquanto sua voz potente ecoava um ho! ho! ho! macabro, que me fazia chorar a noite inteira.

Adur e o irmão Stepan eram grandes amigos da família, bem como seu primo, Kevork Zadikian. Até hoje, Stepan mora na mesma rua (a Rodolfo Miranda, próxima à estação Armênia do metrô), assim como os meus avós, Glaudy e Paulo de Moraes. Minha família tem origem portuguesa e, ao longo de cinco gerações, vem acompanhando as transformações da região, totalizando 86 anos de bairro — somos, portanto, do jet set bonretirense.

O Bom Retiro é um lugar engraçado, confuso e anacrônico, onde se ouvem ao menos cinco idiomas e coabitam várias gerações de residentes e comerciantes. Lá, existem papelarias com a aparência de que fecharam em 1967 e reabriram na semana passada, exatamente como eram. Numa mesma esquina, convivem letreiros em coreano, um empório de comida kosher, uma lanchonete búlgara de *burekas* e um padre Armênio que não é armênio, mas natural da Vila Brasilândia, zona norte. (Armênio é capelão do Mosteiro da Luz, ex-árbitro de futebol, corintiano e apaixonado por fados portugueses.) Há também joint ventures curiosas, como a videolocadora-cabeleireiro-despachante que esteve em atividade até pouco tempo, com sua promoção de um real e cinquenta centavos para filmes do catálogo que ninguém levava, só eu — do tipo *Momo, o senhor do tempo*. E mais: um boteco com um poema do Fernando Pessoa pintado na parede, um jornaleiro que emprestava revistas aos clientes e um desconhecido que deixava dinheiro na caixa de correio dos outros, sem motivo.

CAOS TURCO

O ponto para onde convergem todas as coisas é o armarinho do Turco, na rua Três Rios, 148 — cujo nome oficial é "Loja do Turquinho". Trata-se de um estabelecimento ostensivamente desorganizado, de propriedade dos irmãos Sérgio e Roberto Camasmie, que sabem exatamente onde ficam os extensores para sutiã da cor creme, as flanelas para pijamas, os rolos de cetim, tules, flanelas, aviamentos de costura, botões, forros, lãs, linhas, barbantes, agulhas, zíperes, rendas, tapetes e até aquele pedaço de veludo que a dona Ione deixou em 1955 para trocar porque veio com um vinco. "Não é infinito, mas é um finito longo", costumam dizer. "Só não achamos o que não existe."

O pai deles, Hacib, veio da Síria no começo do século e

abriu a loja em 1925. Desde então, as coisas continuam basicamente no mesmo lugar. Amontoados, os grandes rolos de tecido ocultam mais rolos de tecido, e atrás deles se pode vislumbrar uma estante de metal comprida, uma escada de quatro metros de altura e o balcão, invariavelmente ocupado pelos dois irmãos. Que repetem ao recém-chegado: "Quem não pediu, pida".

Sérgio e Roberto são engenheiros de formação, mas resolveram assumir o negócio em reverência ao pai, falecido em 1994, aos 95 anos. Juntos, atendem dezenas de clientes ao mesmo tempo, cobram os produtos, calculam o troco e fazem gracinhas, sobretudo às mulheres, a quem Sérgio diz ser "especialista em sutiã". Negociam com japoneses, coreanos, armênios, gregos, egípcios, bolivianos e israelitas, todos seguindo a trilha dos imigrantes italianos que tomaram o bairro no início do século. Por conta da clientela internacional, sabem falar várias línguas. O velho Hacib era fluente em russo, árabe e italiano. Sérgio é versado em rudimentos do coreano: "Estou fazendo aquele curso de coreano por correspondência", diz, e nunca se sabe quando está brincando. Ambos dominam as saudações básicas, uma ou outra pergunta "e, claro, os números". "Embrulha-se o freguês em qualquer língua", riem.

Em árabe, por exemplo, provocam o amigo e cliente Sherine Shaaban, numa cena registrada no documentário *Cosmópolis* (Mutante Filmes, 2005). "Esse aqui é um grande *shahath*", Sérgio afirma, apontando o recém-chegado. "Sabe o que é *shahath*? Chorão."

Típico morador do bairro, Sherine tem 49 anos e nasceu em Alexandria, no Egito. É descendente de um muçulmano (Ibrahim Hussein Shaaban) e uma judia (Sarina Victor Schinazi). Sua esposa é nipo-brasileira, e seu filho se chama Amir Nasser Inawashiro Shaaban. Além de praticante de xadrez e esgrima, esse egípcio é o maior fabricante de quipás da América Latina.

SELEÇÃO DO RESTO DO MUNDO

Artilheiro do time do Real F.S., fundado em 1979, meu tio Paulo de Moraes Júnior mora no bairro até hoje. Além dele, a escalação de base compreendia meu outro tio Mario Luis, além do Pezão (ocasionalmente substituído pelo Baleia), o Armênio (Kevork Kiulhtzian) e o Josué, neto da dona Rosária, uma espanhola que morava na rua João Kopke. "Em um dos nossos jogos internacionais, um boliviano baixinho e atarracado cabeceou o meu rosto em vez de cabecear a bola. Quebrei o nariz. Ele era tio da Kika e do Juca, que também moravam na João Kopke", lembra.

Na época, uma das poucas bolivianas da região era a dona Fernanda, que fazia sacolas de ráfia, trabalhava "feito uma doida" e teve duas filhas gordinhas que sofriam bullying da molecada.

Na mesma calçada da casa dos meus avós ficava o prédio da Ofidas (Organização Feminina Israelita de Assistência Social), entidade beneficente hoje incorporada à Unibes (União Brasileiro-Israelita do Bem-Estar Social). No segundo andar do edifício, havia uma suculenta biblioteca, onde, em meados de 1967, aos treze anos, minha mãe Luiza resolveu abrir uma ficha — em casa não havia livros, e seu material de leitura até então consistia em quadrinhos usados e fotonovelas que minha avó comprava na feira.

Pouco depois, minha mãe deixou o decoro de lado e decidiu abrir seis fichas — uma para cada membro da família, incluindo as tias. Naturalmente, era ela quem lia tudo, voltando na semana seguinte para pegar uma nova leva. As bibliotecárias perceberam a movimentação suspeita e acharam por bem admiti-la como voluntária, mantendo-a sob vigilância é, de quebra, arrumando alguém para espanar os livros. Dona Ida e suas colegas davam total liberdade de ação para a pequena devoradora de romances e sugeriam novos títulos sem, contudo, serem invasivas. Durante anos a fio, graças às senhoras da Ofidas, minha mãe pôde ler um bom número de clássicos da literatura (em edições de luxo, adornados com letras douradas e encadernação de couro ou percalina), além de lançamentos contemporâneos como *Exodus*, de Leon Uris, que ela até hoje adora.

Já meu tio, em sua condição de futebolista veterano, fez questão de jogar nas quadras poliesportivas das mais diversas denominações religiosas presentes no Bom Retiro. Em quase cinquenta anos de bairro, demonstrou sua habilidade com a pelota no Instituto Dom Bosco, na igreja Armênia Ortodoxa, no Colégio Nossa Senhora do Loreto e no Liceu Coração de Jesus, onde joga até hoje. Nas férias, aluga a quadra do Colégio Brasileiro Islâmico, onde é proibido falar palavrões e o atleta deve especificar a nacionalidade no ato da inscrição. Hoje, pertencem ao time um paraguaio chamado Javier, um coreano chamado San e um grego — que por acaso se chama Homero e é quem organiza as partidas.

O grupo segue o chamado "sistema homérico" de divisão dos times. Dono de uma papelaria na região, ele é responsável por imprimir, embaralhar e sortear os números plastificados que determinam a composição dos escretes (não só os que irão se enfrentar imediatamente, como também os que ficarão "de próximo"). É ele o dono do cronômetro.

Em 13 de junho de 2010, em plena Copa do Mundo, o Bom Retiro teve sua própria versão de Grécia *vs.* Coreia, um dia após a partida oficial. Homero foi chamado para disputar um arranca-toco contra um combinado de coreanos, proprietários de um comércio na rua Correia de Melo (hoje apelidada de "Coreia de Melo"). Tomado por um sentimento de civilidade neoclássica, encomendou um jogo de camisas nas cores branca e azul-clara e convocou a sua própria seleção: além do meu tio e do meu primo, que de gregos só tinham a afeição ao churrasco, o grupo era formado pelo filho de Homero, Emanuil, alguns brasileiros, um paraguaio e até um coreano. Mais uma vez, os helenos perderam.

ECUMENISMO

No distrito do Bom Retiro, que engloba os bairros da Ponte Pequena, Ponte Grande e Luz, há templos de pelo menos dez denominações religiosas diferentes. Há, por exemplo, uma igreja batista, uma Assembleia de Deus, uma igreja apostólica armênia, uma igreja ortodoxa grega, cinco paróquias católicas (Nossa Senhora da Auxiliadora, Santo Eduardo, São Cristóvão, São Gregório e o Santuário das Almas), um mosteiro (da Luz), sete sinagogas (Adat Ischurum, Ahavat Reim, Kehilat Israel, Kehilá Hadass Iereim, Machzikei Hadat, Rabi Itzchak Elchanan, Talmud Thorá Lubavitch) e um centro israelita (Knesset Israel), além da Congregação Israelita Ortodoxa Kehal Hassidim. Os coreanos têm sete opções: igreja Batista Coreana, igreja Missionária Emaús Coreana do Brasil, igreja Coreana Missão Evangélica de São Paulo, igreja Presbiteriana Fiel Coreana, igreja Católica Coreana do Brasil, a paróquia São Kim Degun e a igreja Missionária Oriental de São Paulo. Outros templos da região são a igreja Internacional da Graça de Deus, a igreja Presbiteriana da Paz de São Paulo, a Presbiteriana Emanuel do Brasil, a Presbiteriana Feliz e a Congregação Cristã do Brasil (conhecida como "igrejinha dos italianos", de confissão protestante).

De fato, os primeiros a se instalarem no bairro foram os portugueses e os italianos, já no fim do século XIX, atraídos pela crescente demanda de mão de obra nas indústrias e pelas políticas de subsídio à imigração. Depois vieram os judeus, antes mesmo da Primeira Guerra, embora a maioria tenha vindo no período de 1930 a 1947, tentando escapar do nazismo na Europa. Foi aproximadamente na mesma época que aportaram os gregos, fugindo da guerra civil no país (1946-9).

No final da década de 1960, vieram os coreanos, que hoje ocupam 70% dos pontos comerciais da região — como se pode perceber pelos letreiros das lojas —, sendo os 20% restantes judeus e 10% italianos e gregos.

IMIGRAÇÃO SIDERAL

Quando moleque, meu tio fez kung-fu na rua José Paulino. Namorou uma boliviana e também uma judia, mas se casou mesmo com uma nipo-brasileira. Meu primo Daniel, hoje com 23 anos, passou a infância brincando com os filhos mineiros do vizinho, e aos cinco anos de idade já ostentava um inconfundível sotaque de Santa Rita do Sapucaí.

Até pouco tempo atrás, os moradores mais longevos da rua eram os italianos da família Del Bianco, que chegaram um mês depois dos meus tataravós, em 1926. Eu só conhecia o seu Roque de nome — era ele quem furava as bolas de capotão dos meus tios e que saía escondido à noite para fazer cocô num buraco, a fim de incrementar o esterco dos patos e galinhas. Seu Roque era também o zelador da rua: varria o meio-fio de ponta a ponta, incluindo os bueiros, e aproveitava para catar todo tipo de bagulhos, que armazenava no quintal (placas, calotas, bolinhas de gude).

Sua irmã, dona Ida, passava o Natal conosco (e, por extensão, com o Papai Noel armênio) e gostava de ouvir aquela piada sobre a Corrida de São Silvestre, em que o atleta português, até então na dianteira, é ultrapassado porque parou no sinal vermelho.

Há meses, meu tio frequenta a Formativa Academia, na rua Bandeirantes, cujos proprietários (e muitos dos associados) são de origem coreana. Lá, minha tia Elizabet Sueda conheceu Norma Kosol, de 78 anos, judia polonesa que ainda mora na região e malha três vezes por semana. Quando Norma tinha seis anos de idade, viu os nazistas queimarem sua terra natal, Kalish, e foi levada para morar com uma tia em Varsóvia. O pai voltou ao vilarejo destruído e ela não soube mais o que houve com os dois irmãos.

Em Varsóvia, Norma recebeu ajuda de uma associação católica para viver junto com outras quatro crianças e pouco depois foi para a França com o apoio de uma organização judaica. Quando a guerra acabou, voltou para a Polônia. Lá se casou, teve um filho chamado Marcos e, aos 25 anos, veio para o Brasil, onde teve outro filho, José. Norma e Henrique Kosol moram há 52 anos no Bom Retiro. Ela é baixinha, magra, loira e faz musculação. É muito amiga da minha tia, que, por sua vez, é neta de japoneses nascidos em Kumamoto e Nagasaki.

Pertencente à geração seguinte, meu primo Daniel estudou com os coreanos Dong e Charly, além da boliviana Alessandra. Hoje, entre os melhores amigos da minha prima Victória, de dez anos, aluna do Colégio de Santa Inês, estão os bolivianos Yosinory e Davi, e a coreana Stella Her.

Para além de todas as etnias citadas, minha família é testemunha de que não foram só armênios, portugueses, gregos, italianos, bolivianos, espanhóis, egípcios, sírios, israelitas, turcos e coreanos que visitaram o Bom Retiro. Habitantes de longe, muito longe, já frequentaram o bairro.

Certa noite, o Tuco, cachorro da casa, começou a latir. "Acho que foi no ano de 1978 ou 1979, porque a Luiza já estava casada e eu ainda usava óculos", disse o meu tio, conferindo precisão histórica ao relato. A família toda saiu para averiguar e se deparou com inúmeras luzes no céu. "Eram triangulares, sem as pontas, e em cada canto uma luz esverdeada. Vinham em alta velocidade da direção sul, mais ou menos da igreja armênia da avenida Tiradentes. Praticamente pairavam sobre nossas cabeças", conta. Fora da família, a única testemunha foi o Pedrão, irmão do Josué, um dos espanhóis da João Kopke.

"Subimos até o prédio abandonado da transportadora, mas então 'eles' não voltaram. O Pedro tentou até uma telepatia para convencê-los a aparecer de novo, mas acho que foi um momento único", disse. Minha tia Marisa chegou a telefonar para a base da Aeronáutica, no Campo de Marte, mas eles só mencionaram que detectaram os objetos e que estavam bem altos e velozes.

Meu tio concluiu: "Em plena cidade de São Paulo, na rua Rodolfo Miranda, só nós tivemos a curiosidade de olhar para o céu. Ganhamos o privilégio de descobrir que não estamos sós no universo — e eles, de saberem que o Bom Retiro existe".

18, Centro da Cultura Judaica, setembro de 2011

PARTE III

我唔明白

(Continuo não entendendo, só que em cantonês)

Ser fatal em Cumbica

Inspirada pela experiência do escritor anglo-suíço Alain de Botton, que viveu uma semana no aeroporto de Heathrow, em Londres, na condição de escritor-residente, aceitei o convite desta revista para passar uma tarde no Aeroporto Internacional de Guarulhos — eu, que já havia me empenhado em visitar ostensivamente o Terminal Rodoviário do Tietê por um ano, a fim de escrever *O livro amarelo do Terminal.*

A data escolhida foi 15 de novembro, por razões óbvias: era o ápice de um feriado prolongado em que muitas famílias retornavam de seu retiro cívico em Miami ou Cancún, com seus travesseiros de estimação e óculos de sol desproporcionais, após prestarem um merecido tributo ao marechal Deodoro da Fonseca, proclamador da República.

A segunda-feira ensolarada tinha cara de domingo de Páscoa e, pouco antes de sair, me lembrei de apanhar o passaporte e enfiá-lo na mochila, por via das dúvidas. Nunca se sabe qual será nossa reação diante do quadro geral de partidas internacionais, sobretudo naquele momento crítico em que o letreiro "Luanda" é substituído por "Istambul", e subitamente nossa vida parece um oceano morno de estagnação e enfado.

Só o fato de conseguir chegar a Guarulhos deveria dar direito imediato a escolher um destino no painel de embarques, como quem procura um novo livro para ler — nesse caso, minha rota de fuga estaria entre Londres, Madri e Munique, por falta de um destino mais pitoresco. (Onde foram parar os voos para Gibraltar, Lukla e Narsarsuaq?)

Se a rodoviária é uma cidade de coisas perdidas, o aeroporto é um posto de fronteira no meio do deserto, uma zona intermediária do mundo moderno. Antes, costumava haver tempo para absorver a chegada. "As mudanças geográficas graduais facilitavam as transições internas: o deserto paulatinamente dava lugar aos arbustos, e a savana à pradaria", afirma Alain de Botton. Hoje, a velha noção de jornada não existe mais, tendo sido substituída por algo mais similar ao teletransporte ou ao estado de animação suspensa.

O conceito de aeroporto pode ter sido criado justamente para minimizar o choque de dormir no Azerbaijão e acordar em Guarulhos, ainda com a bochecha amassada e um gosto amargo de aeronave, possibilitando o desembarque numa zona de descompressão, onde os viajantes poderiam se aclimatar antes de voltar à realidade.

Assim estaria explicada a aura sobrenatural daqueles que desembarcam, a invariável fotofobia, o ar anestesiado de quem não entendeu a piada. Os sentidos se aguçam, registrando até as luzes mais fracas, as placas de sinalização, os cheiros. O lugar mais familiar se torna o mais estranho de todos, e aqueles que aqui permaneceram durante o tempo inteiro da viagem (sempre impossível de mensurar) são vistos com um misto de inveja e incompreensão.

Assim se explicaria também a uníssona expectativa dos que atravessam o portão automático com o logotipo da Polícia Federal, aportando oficialmente no Brasil e deparando-se com uma multidão de familiares (dos outros), colegas e sobrinhos com balões de hélio e faixas de boas-vindas. São os fantasmas do portão de desembarque, pertencentes a uma realidade paralela que só a partir daquele momento voltaria a ganhar corpo.

Mesmo quem sabe que não terá ninguém à espera mal consegue conter um olhar ansioso. Passa em revista cada rosto dentre os que aguardam do lado de lá, na esperança de ser surpreendido por um grande amor do passado, um pai ausente, um avô ressuscitado ou uma ruidosa caravana de fãs e fotógrafos ávidos por saudar aquele que, enquanto sobrevoava o Atlântico, sem suspeitar de nada, ganhou notoriedade por causa de um feito heroico já há muito esquecido, ou apenas por ter um bom caráter e uma beleza descomunal que serviu de modelo a seus conterrâneos.

Não foi o caso de Karin Lohde, uma possível germânica especialista em poliuretanos customizados da Bayer que chegava de Montevidéu e era aguardada por um robótico funcionário de terno e gravata. O sujeito a levaria ao carro oficial da empresa, climatizado, e a instalaria em algum insípido hotel de rede, embora o desejo de Karin fosse provavelmente sair correndo, comprar um chapéu florido e ter um breve caso com Josh Oostuizen, um provável guitarrista sul-africano que desembarcava naquele momento do voo 222 vindo de Johannesburgo, e com quem Karin trocou um olhar quase imperceptível antes de ir embora.

Ser recebido por alguém segurando uma placa com seu nome e sobrenome só não é triste quando se trata de um tórrido romance proibido com um misterioso árabe que se revelou pela internet, ou quando porventura decidimos assumir a identidade de uma espanhola de nome Eva Yerbabuena, ruiva e fatal, pois é isso o que os aeroportos nos inspiram: o desejo de ser outra pessoa em outro lugar bem distante, onde ninguém nos conhece além da polícia, a CIA, um ex-amante ressentido e o fisco eslovaco.

Passar uma tarde em Cumbica envolve necessariamente assumir personalidades esdrúxulas, todas muito perigosas, como a de uma agente da Interpol em conexão para a Antuérpia, onde resolverá um intrincado roubo de diamantes seguido de um escândalo diplomático internacional — tudo isso a despeito de estar calçando uma prosaica sapatilha da Azaleia, comprada na rua Maria Marcolina, no Brás.

Passar uma tarde em Cumbica implica mandar uma mensagem enigmática com o conteúdo: "Zurique às 20h30. Traga as tartarugas e o passaporte", ou arremessar-se subitamente dentro de um táxi, com a respiração ofegante e a ordem: "Siga aquele carro!". Mesmo que se trate de um prosaico caminhão de mudanças da empresa Lusitana — "O mundo gira, a Lusitana roda".

Nada como ser ruiva, espanhola e fatal numa tarde em Cumbica.

Airborne, março de 2011

Olimpíada para quem tem asma

No último sábado, acompanhei a passagem da tocha olímpica em Hackney, um bairro pobre da zona leste de Londres, onde vivem nigerianos, turcos, indianos, míopes, asmáticos e gente que não lava o umbigo. É onde estou orgulhosamente hospedada — originária do Mandaqui, na zona norte de São Paulo, senti-me em casa desde o primeiro dia.

Era cedo quando os populares começaram a ocupar as calçadas à espera da tocha, na esquina da Rectory com a Armhurst Road. Alguns abriram as janelas do quarto e ficaram pescoçando. Outros desceram com cadeiras e garrafas de cerveja, junto com os vizinhos e as crianças dos vizinhos.

Nervoso, um menino de dez anos mastigava compulsivamente balas de goma no formato de ovos fritos, enquanto seu irmão mais novo consultava o relógio de cinco em cinco minutos. "Já era pra ter passado", informou uma senhora com poucos dentes. "Vai ver que roubaram a tocha", disse o menino, completando: "Seria bem legal".

Entediado, um policial brincava de levantamento de peso, erguendo duas crianças pelos braços, e um garoto de uns treze anos passava de lá pra cá num meio de transporte notável — era um praticante de hóquei em monociclo, modalidade popular em Hackney.

Alguém, ao longe, anunciou a chegada de uma viatura de polícia, provavelmente o batedor da tocha. "É só um carrinho de sorvete", informou um dos garotos, sempre na vanguarda da visualização da esquina.

Conforme o atraso se adensava, ele perdeu a paciência: "Onde está essa tocha estúpida?".

Em questão de instantes, três ônibus de patrocinadores rasgaram o cruzamento, distribuindo *frisbees* e bandeirolas com a Union Flag. Malandros, policiais de moto passaram cumprimentando a multidão com um "toca aqui". No fim de tudo, veio o portador da tocha, um rapaz negro que arrancou reações extasiadas do popular sentado (que se levantou), da senhora sem dentes, do garoto das jujubas, de seu irmão mais novo e de uma menina cega, que por pouco não passou a enxergar.

Num arroubo de patriotismo, o rapaz brandiu o símbolo olímpico enquanto praticava um tipo pimpão de *silly running*, modalidade inspirada no grupo cômico Monty Python, que consiste em correr de forma tola e esquisita. A multidão de Hackney correu atrás — nós, os participantes mancos, míopes e asmáticos desta Olimpíada que está só começando.

P.S.: Não fomos muito longe.

Folha de S.Paulo, 25 de julho de 2012

Façam suas apostas

Na tradicional casa de apostas Ladbrokes, as chances são de 2012 para um de que o Monstro do Lago Ness irá aparecer no rio Tâmisa. Na William Hill, outro estabelecimento do gênero, alguém apostou 23 dólares na certeza de que um óvni irá pairar sobre o Estádio Olímpico hoje, durante a cerimônia de abertura.

Há sérios prognósticos de que o prefeito Boris Johnson irá tropeçar enquanto estiver carregando a tocha, ateando fogo ao próprio cabelo. Chances de chover na festa: cinco para dois. Chances de a rainha correr o último trecho com a tocha e acender a pira olímpica: quinhentos para um.

Dirigida por Danny Boyle, a cerimônia tem sido alvo de acaloradas especulações por parte dos súditos da coroa. De confirmados, apenas o tema — a Inglaterra rural, com um cenário similar às colinas dos Teletubbies — e a identidade dos principais convidados: setenta ovelhas, doze cavalos, dez galinhas, três vacas, dois bodes, oito gansos, dez patos e três cães. (A sentida ausência de tartarugas não foi comentada pelo porta-voz do comitê de abertura.)

Nos dois ensaios gerais, na segunda e na quarta-feira, os participantes e voluntários receberam instruções de guardar segredo absoluto.

Ainda assim, nesta semana, o jornal *The Sunday Times* garantiu que haverá uma sequência de ação com personagens ficcionais britânicos, quando um gigantesco lorde Voldemort (vilão da série *Harry Potter*) tentará assustar Alice, o Capitão Gancho e Cruela Cruel. Mas será detido por um grupo de Mary Poppins que descerá do teto com seus guarda-chuvas.

O prognóstico é divertido. Aparentemente haverá enfermeiras dançantes, Paul McCartney, "Bohemian rhapsody" e um lago repleto de patos com licença para voar (dificilmente serão abatidos pela bateria antiaérea do primeiro-ministro).

No cenário, um sino de 23 toneladas e uma nuvem artificial para fazer chover, caso a mãe natureza dê uma de G4S (a desastrosa empresa de segurança responsável pelos Jogos) e não dê conta de suas atribuições fenomenológicas. Não se sabe, porém, qual será o destino da nuvem caso não seja utilizada.

Baseada em *A tempestade*, de Shakespeare, a festa durará três horas e custará 27 milhões de libras (100 milhões de reais).

E, por falar nisso, às 8h12 — doze horas antes da abertura —, os principais sinos do país se juntarão a uma manifestação artística promovida pelo músico Martin Creed: "Obra n. 1197: Todos os Sinos de uma Cidade Tocam o Mais Rápido e Barulhentamente Possível por Três Minutos".

O Big Ben confirmou sua participação. Será a primeira vez que o portentoso relógio sairá de seu cronograma habitual desde o funeral do rei Jorge VI, em 1952, quando também tocou feito louco.

Folha de S.Paulo, 27 de julho de 2012

Uma carta

Cardiff, 26 de julho

Querido,

Hoje cedo, no trem, conheci um senhor adorável de Essex. Ele reconheceu imediatamente meu sotaque galês, embora tenha sido polido o suficiente para julgá-lo quase imperceptível. Contou que havia confundido a estação de Victoria com a de Paddington e se atrasara para chegar a esta última, de onde saem os trens para Cardiff.

É um milagre que ele tenha conseguido, com o metrô do jeito que está. Na semana passada, antes mesmo de os Jogos começarem, fiquei meia hora presa num vagão, e, naquela noite, o prefeito foi à tevê dizer que os trens estavam funcionando perfeitamente. Ele repetiu isso algumas vezes — não é ridículo que alguém tenha de fazer um pronunciamento dizendo que tudo vai bem?

Mas, enfim, em todo caso, o sr. Humphrys — porque era esse o nome dele —, o sr. Humphrys confessou estar espantado com a má disposição dos londrinos para esta Olimpíada. Deu risada quando contei da minha camiseta oficial dos Jogos, que costumo usar aí no Japão e que não tive coragem de ostentar nas ruas daqui. Boa parte dos londrinos nem quer saber de Olimpíada.

Aliás, quando contei onde morava, ele soltou um: "Desculpe, mas acho que não ouvi direito". Expliquei que sou professora de inglês, casada com um japonês e formada em psicologia e literatura.

Ele arregalou os olhos azuis. Me encheu de perguntas sobre o Japão e sobre as mudanças que eu percebia na Inglaterra atual. Apesar de seus 78 anos, parecia muito lúcido e bem-humorado — lembrava da Olimpíada de 1948, quando Londres se ofereceu como sede.

Foi logo após a guerra, a Europa estava em recessão e ninguém mais se prontificou. "Os atletas ficaram hospedados em alojamentos militares", contou o sr. Humphrys, que mais tarde serviu o Exército e virou arquiteto. "O Japão e a Alemanha não foram convidados."

Quando ele se levantou para ir ao banheiro, reparei que tinha dificuldades de andar. Costumava correr, disse, mas teve de abandonar o esporte por questões de saúde — fui educada o suficiente para não pedir detalhes. Ele tampouco perguntou a minha idade, e eu só disse que nasci após a Segunda Guerra. "Não muito depois", expliquei, rindo.

A certa altura, ele pareceu constrangido e perguntou se aquele era o meu pé sob a mesa — olhamos para baixo e demos de cara com Charles, um pitbull branco que estava no banco de trás e lambia vigorosamente os sapatos do sr. Humphrys.

Ele desceu em Newport e nós nos despedimos cordialmente. Ao nosso lado, uma moça brasileira (aposto) estava prestando atenção demais na nossa conversa.

Saudades,
Christine

Folha de S.Paulo, 29 de julho de 2012

Pato na água

O velocista jamaicano Usain Bolt, considerado o homem mais rápido do mundo, declarou recentemente que quer se tornar jogador de futebol do Manchester United. "Sei que começaria tarde e que é uma aspiração muito grande, mas estou falando sério. O negócio é o seguinte: vi muitos desses caras jogarem e acho que posso fazer melhor."

Bolt jogaria de ala e aproveitaria para imprimir velocidade ao jogo, segundo afirmou. Dá pra imaginar o corredor levando nove segundos e meio para sair da pequena área, sem sombra de impedimento, e chegar saltitante ao gol rival, antes que os locutores tenham tempo de informar as horas. O maior problema seria o elemento bola, mas, resolvido esse detalhe, Bolt já pode carimbar sua carteirinha para a Copa.

O que me leva a uma boa ideia para a próxima Olimpíada: tudo seria exatamente igual. Na cerimônia de abertura, as delegações desfilariam, confraternizariam e, no dia seguinte, haveria um eletrizante sorteio. Nele, a seleção de vôlei descobre que irá representar o Brasil na canoagem slalom, e que a equipe de pentatlo moderno foi escalada para jogar handebol.

Os atletas do levantamento de peso achariam graça em ter que encarar uma coreografia de ginástica rítmica, enquanto os meninos do basquete teriam certa dificuldade em driblar um ciclista durante a partida de futebol. Times masculinos seriam convocados para esportes femininos, como o nado sincronizado, e seriam obrigados a exibir toda a sua graça e malemolência aos juízes.

Estes, aliás, seriam mantidos em seus esportes, bem como os técnicos de cada modalidade, porque, afinal, a gente não está de brincadeira. Imaginem como seria edificante ver o Bernardinho explicando regras de rodízio para um judoca, enquanto Fabiana Murer se exalta e tenta saltar por cima da rede, alegando que uma boa aterrissagem vale três pontos.

Neymar, aliás, seria uma das grandes promessas na ginástica de trampolim, com suas conhecidas habilidades na queda, enquanto Ganso e Pato se dariam muito bem na natação.

Se todas as modalidades já possuem bons campeonatos mundiais e regionais, nada mais justo que a Olimpíada seja uma celebração à multidisciplinaridade e ao atleta azarão, aquele que usa a cara para frear no salto em distância, escorrega do trampolim ou atira uma flecha nos próprios pés.

Voltaríamos, assim, à época de glória da Olimpíada, quando os amadores dominavam o cenário e havia mais exemplos como o do pedreiro de Nauru, que anteontem foi eliminado em 1min10 por um uzbeque, na categoria até 73 quilos do judô.

Entre as ambições de Sled Dowabobo estão as de se classificar para 2016 e arrumar uma namorada.

Folha de S.Paulo, 2 de agosto de 2012

Agora é sério

Em 17 de agosto terão início os Jogos Alternativos de Gales, em Llanwrtyd, no Reino Unido, uma espécie de competição composta só desses esportes que todo bêbado já quis ver nas Olimpíadas: Encantamento de Minhocas, Guerra de Frutinhas, Carregamento de Esposas, Regata de Gravetos (categoria infantil), Snorkel na Lama, Hóquei Subaquático e Corrida do Queijo.

O evento dá continuidade a uma temporada inesquecível para o desporto britânico, que começou, sem dúvida, com a Copa do Mundo da Luta de Dedão, modalidade em que dois pés desnudos entram em confronto. O torneio ocorreu em 14 de julho, em Derbyshire, e teve como campeão o lendário Alan "Asqueroso" Nash, conhecido por ter quebrado quatro dedos em uma só luta. "Quebrei nove ao longo da minha carreira", afirmou.

Pensando nisso, e como não queremos ficar pra trás na Olimpíada de 2016, aqui vão ligeiras adições às modalidades reinantes, com vistas a tornar o evento ainda mais emocionante.

Em primeiro lugar, trocar o futebol de campo pelo futebol

de salão e, já que estamos aí, agregar também o futebol de sabão — em saibro, grama ou lona. Promover a inclusão do vôlei de lençol (dois times impulsionando a bola num jogo de cama bem esticado), da queimada, da batata quente e do arranca-toco com bola de capotão, no qual seríamos uma potência. Na ginástica, propor o pula-sela, desporto com grande número de luxações e traumatismos.

Em seguida, retomar o cabo de guerra, desastrosamente excluído dos Jogos Olímpicos em 1920, quando foi vencido por um time de policiais de Liverpool. Trata-se de um esporte que requer muita força, equilíbrio e trabalho em equipe. Em 1997, um cabo de guerra com a participação de 1600 pessoas resultou na amputação de dois braços, e, anos antes, na Alemanha, dois competidores morreram após a prática.

No ramo de esportes aquáticos, a sentida ausência do biribol deveria ser corrigida, com o orgulhoso povo de Birigui ditando as regras para o resto do mundo. (Para quem não sabe, o biribol foi inventado nos anos 1960 pelo professor Dario Miguel Pedro na portentosa Cidade Pérola.)

Uma das categorias mais nobres da Olimpíada, o atletismo, tem sofrido de uma estagnação criativa histórica e se beneficiaria de novas modalidades: a barra-manteiga atrairia multidões, bem como o pega-pega americano, o esconde-esconde clássico (um, dois, três, República Tcheca!) e a corrida do saco. Grandes emoções seriam esperadas na corrida do ovo na colher (sobretudo quando o atleta derruba o alimento) e na inebriante dança da laranja.

Essas modalidades, juntas, formariam o heptatlo contemporâneo, e pouco importa que sejam seis ao todo.

Folha de S.Paulo, 6 de agosto de 2012

Euforia olímpica

A vida está difícil para quem acorda de mau humor em plena Olimpíada

Estou hospedada num sobrado repleto de italianos, onde a língua oficial todo mundo sabe qual é: o grito. O Gianluca é crupiê e trabalha num cassino em Stratford, ao lado da Vila Olímpica. Ele vive gripado e anda pelo corredor de moletom, cabisbaixo, mas nos últimos dias parece contagiado pelo clima olímpico: Gianluca agora desce as escadas cantarolando e jogou vôlei comigo na cozinha domingo à tarde, ocasionando um pequeno incidente com uma xícara de Nescau.

O Giuseppe, que mora no andar de baixo, trabalha num restaurante. Ele também parece mais animado e falante, assim como seu colega de quarto, o Marco, que pratica tênis na parede.

Como previa o prefeito de Londres, a euforia olímpica enfim se alastrou pela cidade. No metrô, visitantes saltam barreiras como se estivessem numa corrida de obstáculos, e mágicos contratados fazem momices com baralhos.

Não sei que bicho mordeu os voluntários, mas, logo cedo, na entrada do Parque Olímpico, somos recebidos por saltitantes sujeitos com uniformes magenta e gigantescas mãos de espuma, cumprimentando os passantes numa confraternização quase infantil.

É com imensa alegria que eles oferecem ajuda, dão indicações e saúdam o público das mais variadas formas. Na Arena de Basquete, um coletor de ingressos se dedica a uma dancinha solitária de puro contentamento. Em Earl's Court, uma mulher deseja a todos um dia maravilhoso.

Ao megafone, um voluntário grita: "Eu amo vocês!", ao que um popular responde: "Nós também". Para não perder a disputa, ele retruca: "Eu amo mais!".

É assim por toda parte, como se os voluntários estivessem sob o efeito de alguma substância ilegal. Do alto de suas cadeirinhas, são como salva-vidas zelando pela satisfação dos transeuntes: "Sorriam! Esta é uma ocasião especial que contaremos para os filhos... dos filhos... dos filhos... dos filhos... dos nossos filhos", narrou Rachel Onasanwo, 23, com um tom monocórdio que fez sucesso no YouTube.

Segundo o *The Guardian*, os voluntários receberam um manual de etiqueta com 66 páginas contendo regras de conduta para recepcionar os espectadores dos Jogos. "Seja sempre otimista e educado", diz o documento. "Agradeça ao visitante mesmo que você o esteja ajudando e não se esqueça de sorrir."

Ao abordar estrangeiros: "Lembre-se que falar ou compreender a língua inglesa não tem nada a ver com a audição ou a inteligência da pessoa. Então, não é preciso falar alto, apenas de forma clara".

Eles se revezam em turnos de cinco horas e recebem uma ajuda de custo no valor de cinco libras (quinze reais) por dia, o que é pouquíssimo para os padrões britânicos. Álcool é proibido. Talvez estejam é alucinando de fome.

Folha de S.Paulo, 8 de agosto de 2012

Uma em um bilhão

Quando, há cinco meses, recebi um convite para participar do Festival Literário de Macau, a única resposta possível foi: "Por que não?". Se a ideia é mudar de ares, nada melhor do que ir o mais longe possível, mais exatamente a 18 014 quilômetros, que é a distância entre o bairro do Mandaqui (zona norte de São Paulo) e Macau.

Confesso que tive de abrir um mapa-múndi para descobrir onde ficava a tal península, na costa sudeste da Ásia, ex-colônia portuguesa e atual região administrativa especial da República Popular da China. Embora os idiomas oficiais sejam o português e o cantonês, nas ruas ninguém fala uma palavra reconhecível. Macau é delimitada por Hong Kong, Guangzhou, Zhuhai e Shenzhen. Ao leste temos Taiwan, ao sudeste as Filipinas e, ao sul, o Vietnã.

A moeda oficial é a pataca, indexada ao dólar de Hong Kong. Conhecida como "Las Vegas do Oriente", Macau tem uma economia lastreada no turismo e em cassinos — enormes edifícios revestidos por camadas de neon piscante que funcionam madrugada adentro, assegurando que há sempre alguém mais acordado, mais perdido no calendário e mais rico do que você em algum lugar. É a região com a maior densidade populacional do mundo (19,84 pessoas por metro quadrado, segundo o Banco Mundial).

Fora isso, eu nada sabia quando embarquei no Aeroporto Internacional de Guarulhos, numa terça de madrugada, com dezoito quilos na mochila só de livros, prestes a encarar um voo de catorze horas até Dubai, mais três horas e meia aguardando no aeroporto, oito horas até Hong Kong, duas horas de espera e, por fim, um ferryboat.

O piloto da Emirates também parecia confuso, tendo anunciado de repente: "Passageiros cujo destino final é Dubai esta noite... manhã... não, tarde... enfim!, devem apanhar a bagagem na esteira de número..."

Vinte oito horas e meia depois, sem saber o dia da semana (era quinta-feira), cheguei ao destino e fui para o hotel, onde passei a sexta-feira dormindo.

O FESTIVAL

A segunda edição do Rota das Letras, o Festival Literário de Macau, reuniu escritores lusófonos e chineses, além de músicos, atores e cineastas. Criado em 2012 pelo jornal *Ponto Final*, o evento deste ano se estendeu por sete dias de março, com palestras e apresentações nas escolas, universidades e institutos culturais. Foi um curioso simpósio de tons vagamente surrealistas, que pode ser resumido numa única piada:

"Estavam uma brasileira, um português, um timorense, um surdo e um canadense conversando numa rotatória em Coloane quando..."

(O resto da piada eu não sei porque o ônibus passou e tive de sair correndo para pegá-lo.)

Outra boa forma de resumir o festival é descrevendo a mesa de abertura, ocorrida na tarde do dia 10, com a participação de quase uma dezena de autores falando sobre as "Influências e perspectivas dos escritores num mundo globalizado". O debate durou duas longas horas e teve tradução simultânea em português, inglês e cantonês — a sensação, porém, era de que os três idiomas estavam sendo falados ao mesmo tempo e de trás para a frente, tamanha a confusão. A tradutora do português, coitada, estava tão perdida que quase fui lhe oferecer um abraço.

Em falas curtas, os convidados fizeram o possível para trazer unidade à discussão: o diretor da Festa Literária Internacional de Paraty (FLIP), Mauro Munhoz, falou sobre festivais literários em cidades de porto; o timorense Luís Cardoso observou que, em matéria de globalização, o melhor é pensar no que temos a oferecer, e não a perder; e o angolano José Eduardo Agualusa mencionou um vídeo no YouTube em que um estrangeiro executa à perfeição uma dança típica de Angola. "Sendo que este imigrante chinês sabe dançar o *kuduro* muito bem", afirmou, taxativo, e sua fala fez todo o sentido.

A mim coube a participação em dois debates, cujo tema só me informaram ao chegar. A primeira mesa, na Universidade de Macau, foi dirigida aos estudantes do departamento de inglês e contou com a presença do seriíssimo Pan Wei (China), o simpático Luís Cardoso (Timor Leste) e a louquíssima Hong Ying (China), que tirou uma foto nossa com o smartphone durante a palestra, postou na rede social Renren e recebeu curtidas imediatas de uma galera da fileira de trás da sala. Foi um dos pontos altos da viagem: receber um feedback instantâneo, barulhento e em chinês no decorrer da própria palestra.

Que, aliás, ocorreu no mais autêntico e vergonhoso "Macaronic English". Com um detalhe: Pan Wei não falava inglês e a organização só havia enviado uma tradutora chinês-português, embora a plateia fosse quase que exclusivamente composta de anglófonos. Cogitou-se a tradução em duas etapas (chinês-português e português-inglês), mas felizmente uma aluna fez a ponte para o idioma final. Não havia mediador, nem tema específico.

Ainda assim, a mesa fluiu bem e não foi preciso defender-se de possíveis objetos arremessados pela turma do fundão, como temia Luís Cardoso, com quem posteriormente saí para almoçar e testemunhar um casamento entre desconhecidos na igreja São Francisco Xavier, em Coloane, onde o hospedaram.

Em tom de galhofa, ele passou os dias se apresentando como vice-rei de Coloane — uma simpática ilha a quarenta minutos do Centro, ligada a Macau por uma ponte. Outros autores foram alocados em hotéis na ilha de Taipa e arredores, bons mas distantes entre si e do Centro. Houve muita reclamação e alguns convidados decidiram ir embora mais cedo. "Falta de chá, falta de respeito pelos autores e muita ignorância", declarou um dos escritores. Eu, por sorte, fiquei no Centro e não tive do que reclamar nesse quesito.

A segunda palestra foi um completo desastre. Fui destacada para uma mesa no penúltimo dia ao lado de Valter Hugo Mãe (Portugal), Paulina Chiziane (Moçambique) e Antoine Volodine (França). O tema era: "As literaturas dentro da literatura de expressão portuguesa", e preparei às pressas um material sobre a crônica. A partir das poucas pistas que me deram, pensei em falar desse gênero que se desenvolveu com suas peculiaridades no Brasil, mas acabei não aproveitando nada.

Logo de início, a moderadora portuguesa me apresentou da seguinte forma: "À minha direita está Vanessa Barbara, escritora brasileira de quem não sei muita coisa além de que é muito jovem, como vocês podem ver, e escreveu alguns livros que não tive oportunidade de ler".

Mais tarde, ela me perguntou algo sobre a ética inerente às literaturas de expressão portuguesa que eu, juro, quase me levantei e disse: "Minha senhora, eu não faço a menor ideia de como responder a essa pergunta". Acabei conseguindo encaixar umas coisas sobre crônica aqui e ali, mas basicamente só falei nada com nada. Houve uma porção de perguntas sem rumo e, a certa altura, o autor francês declarou que a humanidade não tinha esperança e estava próxima do fim. Eu me afundei na cadeira, torcendo pelo Apocalipse.

MACAU: NOODLES COM FANTA UVA

Cada um por si, os escritores do festival foram explorando pontos turísticos macaenses, como o largo do Senado (uma pracinha com chão de pedras portuguesas e lojas de grife), o jardim Lou Lim Ioc (tranquilo e superpovoado de tartarugas aquáticas), o templo de A-Má, a Fortaleza do Monte, a estátua de Kun Iam e as famosas Ruínas de São Paulo (fachada de igreja incendiada que é como um portal para outra dimensão, um cenário de Hollywood sem fundo).

Sozinha, fui a uma sessão do planetário, experimentei carne de porco crua e quadrada, vi os pandas-gigantes de Coloane, comprei um sapato tipo chinesinha, passei por uma igreja pentecostal Deus É Amor e aproveitei meu nababesco quarto de hotel, que era maior do que a minha casa. (Dava pra andar de bicicleta lá dentro.)

No Jardim de Camões tirei as meias e tentei andar por um caminho de pedras redondas, utilizado como massageador de pés. Tive de segurar na cerca, avançar bem devagar e a cada passo conter um "Ai! Ai!", sob a chacota generalizada dos locais. Aprendi que os velhinhos chineses costumam levar seus pássaros para passear todas as manhãs e penduram as gaiolas nas árvores. Descobri que Paulina Chiziane adora girafas e que o macarrão cantonês precisa ser elástico, ou seja, você deve poder esticá-lo sem quebrar. Tirei fotos da Venda de Bolinhos Kuong Hou Tai Iat Ka e da Sala de Explicações Pat Mui. Frequentei todas as barracas de pijamas de flanela. Explorei o Mercado de São Domingos com uma jornalista macaense que adorou a palavra "rural", cuja pronúncia em inglês é realmente engraçada. Me identifiquei com a igreja de Santo Antônio, "construída em 1638, incendiada em 1809, reconstruída em 1810, de novo incendiada em 1874, reparada em 1875".

Jantei um prato enorme de *noodles* com Fanta Uva na companhia de um casal desconhecido de chineses que alternava cantonês e inglês numa conversa desvairada. Eles perguntaram se o Brasil ficava na Europa, me ofereceram *wontons* com molho agridoce e no final pagaram a conta. "A hospitalidade de Macau! Conte para os seus amigos. Nós somos legais", ela dizia, animada.

Flanei pelos salões do maior cassino do mundo, The Venetian, na companhia de dois músicos croatas, que riam sem parar das ridículas réplicas da cidade de Veneza. O gigantesco complexo fica em Taipa e é conhecido por obter um faturamento anual maior do que o de todos os cassinos de Las Vegas juntos. Dentro há canais com gôndolas, casas de mentira e um falso céu azul. Gondoleiros filipinos soltam a voz. "E cantam muito bem, os danados", atestaram Ines Trickovic e Joe Pandur.

A maioria absoluta dos turistas dos cassinos vem da China continental. São autorizados pelo governo a sair do país com no máximo 20 mil yuans (7 mil reais) e retirar até 10 mil yuans por dia no caixa eletrônico. Diante das limitações, muitos recorrem às casas de penhores. Os salões de jogos estão sempre abarrotados de chineses, alguns com pinta de mafiosos, e para percorrê--los é preciso suportar os olhares zangados dos seguranças e quebrar uma quase sólida nuvem de fumaça de cigarro. Os jogos mais populares são o bacará, o vinte e um, a roleta e o *fan tan*.

Em Macau descobri que é proibido andar de boné nos cassinos por causa das câmeras de reconhecimento facial, e também que as janelas dos hotéis são lacradas para evitar suicídios de apostadores desiludidos. Quem quiser abri-las deve assinar um termo de responsabilidade em que supostamente se comprometeria a não atentar contra a própria vida. É uma cidade de muitas luzes, insônia e chinesas fumando na calçada com bobes na cabeça, enquanto falam ao celular.

PRESA EM MACAU

Então fiquei presa em Macau. A ideia original era conhecer Hong Kong, depois Hainan e Pequim, mas para isso eu precisaria obter um visto de entrada específico. Como a organização do festival só emitiu a passagem quatro dias antes da partida, perto de um fim de semana, não pude solicitar tal visto em São Paulo. Então, em Macau, fui ao Comissariado do Ministério dos Negócios Estrangeiros da China, onde preenchi formulários e apresentei a passagem de volta, reservas de hotéis e seguro-saúde. Disseram-me que o visto demoraria duas semanas para sair e só valeria por sete dias. A ilha de Hainan foi imediatamente cortada do roteiro.

Terminado o festival, no domingo, o plano B era tomar o ferry rumo a Hong Kong, passar uma semana lá e voltar a Macau para buscar o visto. Hotel reservado, passagem comprada, mala despachada. Usei naturalmente meu passaporte português, pois o brasileiro estava retido no Comissariado. Contudo, na saída de Macau, uma surpresa: não me deixaram passar. Segundo uma regra escrita em algum lugar, deve-se sair de Macau com o mesmo passaporte da entrada. Mostrei o recibo do Comissariado que reteve meu passaporte brasileiro. Mostrei o passaporte português perfeitamente válido. Mostrei meu carimbo de entrada, num papel separado. Mostrei meu comprovante de vacina contra febre amarela. A resposta, no ininteligível inglês macaense: "Meu chefe decidiu que você não vai para Hong Kong". E, apontando para o saguão de entrada: "Já pra fora! *Out!*"

Não adiantou chamar Fish Ho, o chinês faz-tudo da organização do festival, nem apelar para a cara de cachorrinho pidão: fui para um hotel passar a noite e esperar a chegada da segunda-feira, quando o Comissariado estaria aberto.

De manhã, o funcionário informou que não devolveria meu passaporte, pois estava em processo de solicitação de visto. Tentei explicar em inglês (que ele pouco entendia) e com vigorosas mímicas que eu não queria mais o maldito visto, só a minha liberdade e, talvez, um cafuné. Ao final, consegui entender que ele me liberaria o documento caso eu apresentasse um bilhete de ferry marcado para aquela tarde. Por pura falta de perspectivas e desânimo existencial, andei até o terminal, comprei o tal bilhete e retornei ao Comissariado, onde o bom chinês me presenteou com o passaporte e um visto de urgência. Fui liberada para embarcar com destino a Hong Kong naquela mesma tarde, onde passaria ainda uma semana antes de viajar a Pequim.

HONG KONG: MEIAS SUICIDAS

A coisa mais interessante de Hong Kong são as roupas caídas dos varais, enganchadas em vigas de ferro e recônditos inacessíveis das fachadas dos prédios. Por falta de espaço, os moradores dos apertados edifícios penduram suas roupas lavadas para fora das janelas. Vez ou outra, uma camisa ou meia se desprende com o vento e tomba de lá de cima, ganhando a rua. Em alguns casos, fica pelo caminho, presa num fio ou num poste de luz. Grande diversão é percorrer as ruas olhando pra cima, identificando aqui e ali uma blusa verde estrebuchada num telhadinho e uma camiseta órfã sobre um aparelho de ar-condicionado, ainda com o pregador de madeira grudado. Ideia para ficar rico em Hong Kong: abrir um serviço de resgate de roupas com uma vara de bambu bem comprida ou uma escadinha de bombeiros.

Assim como Macau, Hong Kong também foi colônia europeia (no caso, britânica) e hoje é região administrativa especial da China, com um sistema político independente. Ao longo da última década, firmou-se como um forte centro financeiro internacional.

É um território superpovoado e verticalizado com uma das *skylines* (silhueta de edifícios ao horizonte) mais impressionantes do mundo. São 112 edifícios com mais de 180 metros de altura, incluindo o quinto maior prédio do mundo, em Kowloon; a imponente sede do HSBC, projetada pelo arquiteto britânico Norman Foster; a icônica sede do Banco da China, executada por I. M. Pei; e o edifício em que o Batman aterrissou estrondosamente a fim de sequestrar o contador do mal, em *Batman: o cavaleiro das trevas* (de Christopher Nolan, 2008). Todas as noites há um espetáculo de som e efeitos especiais chamado "Sinfonia das luzes", em que os prédios da ilha acendem e apagam em ritmo de música clássica.

Assim como São Paulo, Hong Kong é uma cidade coalhada de carros, viadutos e pontes, onde o pobre andarilho é obrigado a fazer desvios quilométricos, atravessar sinuosas passarelas, subir escadarias, singrar viadutos pelo acostamento, passar por baixo de uma cama de gato e por cima de uma cama de pregos só para mudar para o lado de lá da rua.

Os ônibus, contudo, são eficientes e fáceis de utilizar, com letreiros em inglês, mapas das linhas que atendem a determinado ponto, avisos de próxima parada e uma grande frota servindo todo o território. O metrô é igualmente eficiente — e cheio.

PRAGAS SOB ENCOMENDA

Em Hong Kong encontrei uma profusão de andaimes de bambu até nos edifícios mais altos, duas estátuas de um porco feliz, meia dúzia de riquixás à venda (falar com o sr. Hung pelo tel. +852 63839439), uma estátua do Bruce Lee, um estabelecimento que se intitula Alfaiate Muito Bom, uma loja chamada Sofa So Good e um agasalho do Corinthians à venda numa banca minúscula e aleatória numa travessa da Nathan Road, em Kowloon. Dancei lindy hop num bar de jazz e tomei um chute na canela de um coreano, vi franceses sacolejando ao som de "Bate forte o tambor", da banda Carrapicho, subi o Victoria Peak de ônibus e andei num simulador de gravidade lunar no Museu Espacial.

Comprei um repelente de insetos à base de tomate, que promete "confundir os mosquitos na hora de reconhecer os seres humanos". Vi uma senhora respeitável conversando na calçada com uma amiga, vestida de pijama e tênis.

No aeroporto fiquei intrigada com o aviso: "Tirem seus chapéus para controle de temperatura". Quando da entrada em Hong Kong, é preciso passar por um sensor infravermelho que mede o calor humano. Dois funcionários de máscaras monitoram e barram os indivíduos mais esquentadinhos. Deve-se tirar o chapéu para mostrar que o cocuruto está bem e que você não trouxe consigo nenhuma espécie de febre aviária, réptil ou mandaquiense.

Meu hotel tinha uma máquina de escrever para alugar e ficava no bairro cosmopolita de Mid-Levels, zona residencial servida pela maior escada rolante do mundo, com oitocentos metros de comprimento. A Central Mid-Levels Escalator liga uma porção de ruas morro acima e é ladeada por bares, restaurantes e lojinhas. Mais tarde, tive de me mudar por causa de um campeonato internacional de rúgbi — que lotou os hotéis — e fui para um estabelecimento em Wan Chai, onde a grande atração era um deslocado centro de convivência para idosos no 2º andar.

Foi perto dali, debaixo da passarela de Canal Road, que finalmente encontrei as *cursing ladies*, senhorinhas que rogam pragas sob encomenda. Por sessenta dólares de Hong Kong (cerca de dezessete reais), elas amaldiçoam quem você quiser — o esconjuro pode ser direcionado a um indivíduo específico ou a um grupo. O interessado preenche um formulário-padrão em forma de corpo humano e explica a situação à boa senhora, que começa a fazer coisas estranhas tipo queimar objetos, dar banha de porco a uma dobradura de tigre e bater com um sapato no papel. O nome do ritual é *da siu yan*, ou seja, "dando uma sova nessa gentalha" (tradução livre).

A praga tem duração variável em consonância com o valor pago, podendo vigorar de uma semana a toda a eternidade. "Consulte a sua *cursing lady* para maiores detalhes."

PEQUIM: CUSPE IN CONCERT

Desembarquei em Pequim no dia 24 de março, pouco depois de uma inesperada frente fria. A primeira coisa que vi não foi a Muralha: foi a neve. "Índia mandaquiense não conhecer neve", expliquei para o meu guia e intérprete, Daniel, enquanto chafurdava num montinho de gelo.

A capital chinesa é uniformemente cinzenta. Em janeiro, o índice de poluição chegou a ultrapassar 45 vezes o limite considerado seguro pela Organização Mundial de Saúde (oms), contaminando fontes de água potável e gerando problemas sociais e de saúde. Depois da neve, a situação melhorou um pouco, mas não muito. Os cidadãos andavam pelas ruas com máscaras cirúrgicas e era difícil enxergar. No meu quarto de hotel, ao lado dos amendoins, havia duas máscaras respiratórias para utilizar em incêndios, mas que eu quase empreguei no dia a dia. Segundo as instruções, após ajustar as tiras atrás da cabeça, deve-se "escolher um caminho e correr resolutamente para salvar sua vida".

É uma cidade hostil para introvertidos, já que os turistas são incansavelmente abordados por pessoas vendendo bonés, bandeirinhas, bolsas, passeios turísticos, caronas de riquixá e livros vermelhos. Nas lojas, basta fixar o olhar despreocupadamente numa camiseta para ser assediado por uma vendedora estridente de calculadora em punho, gritando: "Setenta! Setenta!". Se por acaso o sujeito transfere o olhar para um sapato, a moça brada: "Sapato? Sapato cem pra você!".

Em caso de fuga, ela faz questão de puxar o indivíduo de volta pelo braço, repetindo "Dez! Dez!" pela mesma camiseta que custava setenta yuans minutos atrás. O mesmo acontece com os camelôs, massagistas de rua, comerciantes de iogurte e outros.

Em Pequim quase ninguém fala inglês, nem mesmo os taxistas. Por isso é importante trazer consigo um cartão do hotel com indicações em chinês e algumas frases básicas em ideogramas, além de um smartphone com um aplicativo chamado Pleco. É muito perturbador ser analfabeta em mandarim, e até agora não sei por que dois taxistas se recusaram a me levar de volta ao hotel a partir do parque Jingshan. Só o que entendi foi "não, não" e a porta se abrindo. Também não compreendi o teor da briga (aos gritos) entre meu guia turístico e o motorista, mas tenho quase certeza de que era a meu respeito e fiz questão de gravá-la para pesquisas posteriores. Outro problema: o letreiro dos ônibus é escrito só em ideogramas.

Em território revolucionário vermelho, driblei as restrições da internet usando um serviço de Virtual Private Network (VPN), que conecta o computador virtualmente a uma rede local norte-americana e mascara o lugar físico onde ele se encontra. Assim pude acessar livremente o Google, o Facebook, certos jornais estrangeiros e o SongPop, joguinho virtual de adivinhação de músicas, que por algum motivo também é bloqueado.

A despeito das dificuldades, Pequim é tremendamente interessante. Na Cidade Proibida pode-se visitar o trono do imperador, o Jardim Imperial, o Hall da Elegância Literária e dezenas de casinhas com telhados cor de laranja; há também o suntuoso Palácio de Verão, o Mausoléu de Mao Tsé-Tung, o estádio Ninho de Pássaro e a praça Tiananmen, onde se veem guardas armados e detectores de metal por todos os lados.

Cospe-se muito na China. Há cinco anos, o escritor Antonio Prata foi a Xangai e descobriu que o governo estava engajado numa campanha para erradicar a escarrada no país. Queriam chegar à Olimpíada de 2008 com pelo menos 20% a menos de catarro nas ruas, mas, pelo visto, a luta continua. Em lugar de "Proibido fumar" ou "Não pise na grama", o que mais se lê é "Proibido cuspir". Não raro os arredores do aviso estão cercados de pequenas poças salivares.

FUTEPETECA E REPOLHO DE JADE

Apesar de soar uma redundância, impressionante mesmo é a Grande Muralha da China, edificação que vai serpenteando pelos picos gelados das montanhas feito um dragão, a perder de vista. Visitei a Seção Remanescente de Badaling (Badaling

Remnant Great Wall), onde, ao contrário da parte principal, não se avista um único turista em quilômetros. O local também não possui infraestrutura, o que contribui para a sensação de isolamento e imensidão.

Durante horas eu e o guia subimos e descemos ladeiras íngremes e escadarias de pedra, exploramos torres de observação milenares, escorregamos na neve e percorremos longos trechos da Muralha. Ele provavelmente tinha medo de altura e grudava-se às paredes nos momentos mais vertiginosos. No percurso inteiro, encontramos apenas uma família de turistas alemães e uma enorme fotografia do ator Jackie Chan em visita ao local. A sensação era de haver retrocedido 2 mil anos. Pude ouvir o exército mongol marchando ao longe e os opositores da dinastia Ming ameaçando nosso território, brandindo seus compridos bigodes.

O inglês do meu guia era truncado e a comunicação foi difícil, sobretudo nas primeiras horas do passeio — de acordo com o que entendi da explicação, o muro foi construído com latas de molho de tomate e era bastante joelho, assim como o shopping center cachorro yakult. Aos poucos, fui assimilando o sotaque e hoje ostento um curioso inglês macarrônico com toques asiáticos.

Casado, Daniel tem uma filha pequena, duas tartarugas e é fã do cinema de Hollywood. Disse que assistiu a *Titanic* três vezes e chorou em todas. Interessou-se pelo preço dos imóveis em São Paulo e disse que comprar uma casa em Pequim é quase impossível. Confessou que nunca saiu do país e queria aprender outras línguas.

De lá fomos a uma fábrica de jade para turistas, com repolhos gigantes esculpidos na pedra, e depois a uma degustação de chás. Jantei um caprichado pato laqueado à Pequim, com panquecas, pele crocante, molho missô e cebolinha.

Tirando a Muralha, os coloridos pôsteres de Mao, a praça Tiananmen e a Cidade Proibida, o melhor de Pequim são os parques e praças públicas, como o parque Tiantan, nos arredores do Templo do Céu. O espaço é ocupado por velhinhos exercendo práticas das mais variadas, como adeptos do tai chi, praticantes de lutas marciais com espada e bastão, grupos de ginástica, indivíduos se alongando, mulheres treinando coreografias com leques vermelhos, homens empinando pipas e brincando com bilboquês. Há um corredor imenso de gente dedicada ao carteado. Há grupos dançando em ritmos variados e uma trupe de senhoras que se reúne quase todas as noites numa praça perto da Cidade Proibida para executar dancinhas curiosas. No parque Jingshan há um espaço para tocar instrumentos musicais e cantar, onde conheci um compenetrado tocador de *erhu* e sua instrutora.

No parque Tiantan pratiquei o *jianzi*, uma espécie de futevôlei com peteca que é muito popular na China. Basta dizer que não fiz feio, embora o vento tenha prejudicado a minha performance nos momentos finais — e ainda que eu não tenha entendido as instruções em mandarim do capitão do meu time, que ria muito. Antes de partir, fui merecedora de uma garbosa peteca amarela. Todos riram muito. Espero que não tenha sido de mim.

piauí, julho de 2013

Queria escrever

(à la Rubem Braga)

Queria escrever um texto bonito, algo que a moça das verduras pudesse levar consigo no ônibus após um dia sem couves, e que ela fosse reler de mansinho e recortar para as amigas. Um texto sereno, bonito pra burro, que fizesse marejar os olhos de um velho coronel, por um momento arrependido de nunca ter sido jovem e nem trapezista — e de ter dispensado sua primeira namorada, só porque era hippie e não tinha todos os dentes.

Que seja tão inesperado e forte quanto um soluço, que faça despertar as tartarugas e sorrir os banguelas. Que o porteiro, quando ler, pense no seu jardim esquecido, em seus netos adultos e em uma vida só de reprises do Pica-Pau.

Um texto bonito para um determinado pombo, que, atrapalhado, se enroscou num fio de eletricidade e não saiu mais de lá. Isso foi num cruzamento de avenida; o pombo fez que ia conseguir escapar e não escapou, atraindo em minutos uma turba de curiosos, guardas de trânsito, senhoras palpiteiras, vendedores de mata-moscas. Quando fecharam o trânsito para socorrer a ave, um jovem policial militar ergueu a escada do caminhão de bombeiros, repassou o plano e foi cumprir o seu dever cívico; uma senhora ao meu lado exclamou, plena de gravidade histórica: "Olha só, fiquei toda arrepiada".

Um texto para esse pombo, resgatado do fio de luz sob os aplausos do povo, ainda trêmulo e um pouco tímido, um pombo que possivelmente não terá maior momento de glória nessa sua vida emplumada. Um texto para os que estavam assistindo a tudo e entenderam, na hora, que havia quem passasse a vida inteira em busca de um momento como este, em que um pombo nervoso sai carregado pelos braços do povo, tendo mobilizado dois batalhões da PM e um destacamento especial do Corpo de Bombeiros. E havia gente nos beirais das lojas e nos meios-fios, e os funcionários do metrô dando uma pausa no trabalho, e alguém rezando em voz baixa.

Um texto bonito para a minha rua, para os meus amigos, para o cobrador do 1744 e para todos aqueles que dormem cedo demais. Algo bem tolo, desnecessário, que lembre poemas rimados, que agrade o vizinho cansado, o professor de astronomia, as verdureiras, os militares e os pombos que se enroscam em fios de luz.

Um texto bonito, mas tão bonito que você não possa deixar de lê-lo, ainda que, numa noite fria, ele precise se revelar misticamente numa sopa de letrinhas, todo arranjado em estrofes e ervilhas de pontuação, e você pense nele como pensa em gorrinhos. Um texto tão bonito que o faça botar uma roupa estranha, vestir o chapéu e se sentir instantaneamente aquecido, saindo à rua com a determinação trêmula de um pombo.

Um texto tão bonito que o faça voltar pra casa, meu amor, sob o triste cochilo da lua.

Blog do Instituto Moreira Salles, 16 de junho de 2011

As coisas que restam

*(à maneira de
Paulo Mendes Campos)*

Aprender uma coreografia nova de sapateado que envolva pausas dramáticas e movimentos excêntricos com o calcanhar; passar a noite comendo sequilhos; ir ao cinema ver o mesmo filme pela quinta vez só para decorar as falas da voz em off; pesquisar sobre rastros de lesmas e recitar as informações obtidas para um desconhecido numa festa barulhenta; andar na rua como se fosse um enviado secreto do governo da Rússia, um pirata ou um viajante no tempo.

Às vezes perdemos coisas importantes na vida e um conjunto de lápis de cor é o que nos resta; a decisão de pintar as janelas; de nos concentrarmos em campeonatos de mímica; de bater coisas no liquidificador e olhar debaixo da cama só para ver se tem gente. Pessoas vão embora e, na partilha extrajudicial, ficamos com os restos.

O que geralmente nos resta é cantar músicas com os olhos fechados, chacoalhando a cabeça feito um Ray Charles; comprar o próprio peso em palavras cruzadas; praticar o pingue-

-pongue com estranhos num domingo à tarde e competir como se a vida dependesse disso. Resta é cuidar das plantas, cultivar tomates e manter na sala uma bola gigante de plástico; passar a noite no telhado examinando o céu e aguardando impacientemente a explosão da Eta Carinae; arrumar as gavetas; jogar fora coisas importantes; contar piadas ruins e aprender uma língua morta.

São coisas que nos salvam quando nada mais parece existir: ler um romance russo numa única madrugada e se afeiçoar ao mocinho; consertar um relógio de ponteiros; escrever uma carta; fingir que acabou a luz. Levar um tombo de bicicleta e se ralar inteiro; conversar com estátuas; convidar alguém para tomar chá com sucrilhos.

Resta girar muito rápido enquanto se dança e perder o equilíbrio; espirrar e perder o equilíbrio; dar risada e perder o equilíbrio; viver tropeçando; ter uma crise de soluços. Repetir o *swing out* até ficar com enjoo; fazer a segunda voz das músicas; fingir que a vida é um musical da Broadway e conversar com o taxista cantando; tomar sol com as tartarugas; vestir uma roupa excêntrica; atualizar as vacinas; correr para pegar o ônibus.

São coisas que nos restam: o vazio, a raiva e a tristeza, mas também os chinelos de pano, as pessoas que tocam tuba, as luzes coloridas, o sorvete de manga e os velhinhos ao sol. Restam-nos as noites de *rockabilly*, as crianças vestidas de Batman, as piscinas aquecidas, os amigos de infância e o centro histórico de Macau — isso sem falar numa barraca de rua que só vende pijamas de flanela.

Restam, enfim, o amarelo, o azul e o umami, os filmes tolos dos anos 1940, as Olimpíadas, o vento, o suco de maçã. Amigos que gostam de mágica, astronomia, pôquer, carpintaria, triatlo, futebol americano e que estão sempre para operar o joelho. As lojas de R$ 1,99, os jardins, os telescópios e as viagens com escala em Dubai. Sair para comprar couve. Escolher um novo abajur.

O que, veja bem, não é pouco.

Blog da Companhia das Letras, 27 de março de 2013